漱石のこころ
――その哲学と文学

赤木昭夫
Akio Akagi

岩波新書
1633

はじめに

まずタイトルの「漱石のこころ——その哲学と文学」は、気づかれたかと思うが、掛け言葉になっていると、読んでいただきたい。

夏目漱石という作家の「精神（こころ）」、つまり彼の「知的活動の成り立ち」を知ろうとめざすならば、彼の思考の結果としての哲学、彼の創作の結果としての文学、それらを知らなければ始まらない。彼の精神活動の主要な中身は哲学と文学だったからだ。これを基本的立場として、本書は書かれている。

ひたすらそうした意味を、編集者島村典行さんからの示唆も受けて、掛け値なしに、新書のタイトルらしく短くしたまでのことで、それ以外に種も仕掛けもない。

ただたまたま漱石の代表作のタイトルが『こころ』であるため、『こころ』という作品で展開される哲学と文学を、とくに意味すると受け取られることになっても、それは一石二鳥で、まことに有難い。そうしたわけで、掛け言葉にしてあるという次第だ。

ところで、漱石にとって「こころ」は、たいへん思い入れのある言葉だ。最後の作品の『明暗』が未完で終わったため、彼自身が単行本としての出版を、納得できるまで見届けることができたのは『こころ』だった。

装丁のデザインまで自ら手がけた。あざやかな朱色の地に、漱石が写した中国古代の文字(石鼓文)が淡いもえぎ色で刻まれている。現在の全集や文庫版の表紙に見られる通りだ。ただし字体に漱石が魅せられただけであって、字の意味に漱石が託したものは何もない。

表紙の中央に矩形で囲って、中国の古典から選んだ「心」の定義が引用される。これらの定義は、漱石が所蔵していた『康熙字典』からの抜粋だ。つぎのように読み下すことができる。なお括弧のなかは原典の書名だ。

「(荀子解蔽編)心は形の君なり、しこうして神明の主なり。(礼大学疏)万慮をすべて包む、これを心というなり。また(釈名)心は繊なり、識るところは微繊にして、貫かざるは無きなり。また本なり。(易復卦)復はそれ天と地の心を見るなり。(注)天と地の本を以って心となすものなり」

これらの定義に共通するのは、要するに「神も人もすべての生物も、そして自然の全体、宇宙までもが、心に他ならない」という東洋古来の哲学だ。なお本書を通じて哲学とは、洋の東西を問わず、できるだけ少ない概念で世界全体を説明する学、ないしそこで用いられる論法や基本的概念を指す。

他方、単行本の『こころ』の出版に際して、漱石は新聞広告（作品の掲載紙の「朝日新聞」ではなく「時事新報」などの他紙）を通じてつぎのように宣伝した。

「自己の心を捕へんと欲する人々に、人間の心を捕へ得たる此作物を奨む」

自信過剰、やり過ぎではないかと思われるほどだが、あえてこのようなキャッチコピーをひねりだしたについては、それにふさわしい強力な意図があったに違いない。それを明らかにするのが、本書のゴールだ。

さしあたりこの段階で、気にとめておいていただきたいのは、広告文のほうは個人心理の解明と受け取られるのにたいして、表紙の中国古典による心の定義は、むしろ宇宙的で超個人的な哲学であって、議論のレベルが、いうならばミクロとマクロとの隔たりが大きすぎて、つなげて考えるのに、何か差し支えるような感じがともなうことだ。

ひとつの作品を自己評価(宣伝)するに際して、何となくちぐはぐなことを言うのは、おかしいのではないか、矛盾しているのではないか、と感ずる向きも少なくないだろう。

その違和感は、当時、大正時代の初めの読者にも感じられたと思われる。現在よりもむしろ強くそう感じられただろう。というのは、ようやく個人心理への意識がたかまりつつあったからだ。

それが当時の人間心理にたいする認識になりつつあったのにたいし、漱石は、そうした個人の心理の集積が、時代精神を形成することになると、小説としてまともに描いたのだ。

そのため当時の読者は、意表をつかれ、矛盾するのではないかと一瞬思い、当惑したのではなかっただろうか。

漱石は作家として計算して、軽い違和感を、読者の意識を喚起するためのショック(異化作用)として与えたつもりかもしれない。

作品の『こころ』や、その基礎とされた『文学論』では、その「時代精神」は、東洋の伝統の心ではなく、以下本書で明らかにされるように、実はヘーゲルが言うところの「時代精神」だったから、なおさら理解されにくかったに違いない。

理解を困難にさせる要因は、具体的中身はまったく違ったが、『坊っちゃん』にもともなっていた（具体的にそれが何かは、第一章で読んでいただきたい）。

精魂を込めて書いたのに、読者の多くにすぐ理解されなかったのは、漱石には残念至極だった。よほど残念だったらしく、側近の弟子たちに、半ば怨念を込めて手紙で洩らしているくらいだ（本書四一ページ）。

もちろん漱石の作品すべてがそうだったわけではない。だが、二つの代表作、『坊っちゃん』と『こころ』とにおいてそうだったのだから、漱石という作家の全体が理解されなかったも同然で、これは看過できない重大な問題点だ。

ところが、この点について、これまで百年間、歴代の研究者と評論家は、「のっぺらぼう」で、無残なことにほぼ全滅だった。

なぜ全滅か。それは漱石の小説の主題と表現の特徴に起因する。では、無理解は漱石の責任であって、研究者や評論家は無罪放免か。いや、情状酌量は認められないだろう。

どんな事情があったにせよ、作品の真意を掘り起こすのが、彼らの本来の役割だからだ。はっきり言えば、漱石の遺文のなかに読むべきところを見つけることができなかったし、目にふれていても読むことができなかった。彼らには能力が欠けていた。

この研究者や評論家の至らぬ点をはっきり指摘した上でのことだが、彼らを全滅させた漱石の小説の特徴として、つぎの三点を挙げることができる。

第一に、主題の性質からして、明快に書くと、当局の機微にふれ、発禁処分をうける恐れが大きかった。発禁を避けるため、直接的な攻撃ではなく、諷刺、さらには読者の解釈に期待した。

その結果、発表当時、わかる人にはわかったが、それを公言するわけにはいかなかった。公言すれば、作品が発禁にされてしまうからだ。そうこうしているうちに、暗黙の文脈が薄れて、作品の生々しいインパクトが薄れてしまった。

第二に、漱石は、自己の「時代精神」に関する哲学に忠実であろうとして、とってつけたような結末を小説につけるのを、潔しとしなかった。時代精神は、これまでも変わってきたし、これからも変わっていくのが真理だと、漱石は信じていたからだ。

研究者や評論家は、それを漱石が書けなかったためであるかのように受け取った。書けていないから、そこには読みとるべきメッセージがないと誤解ないし見過ごしてしまった。

第三に、これがもっとも罪深いが、ロラン・バルトの「作者の死」(一九六七年発表)、つまり、作品は作者の意図とは別に、読者の読み方次第という説を真に受けすぎて、研究者も評論家も珍説奇説を競い合った(悪貨によって良貨が駆逐された)。

バルトの主張は、「商業主義の俗悪な評論への死の宣告」であって、作者の死ではなかったはずだ。新説によって作品の解釈に益するところがなければ、それらは単なる珍説奇説として、学会なり評論誌などを通じて批判され、退けられるべきだ。この浄化作用が日本では弱すぎる。

しかし作家らしい作家は、作家の意図を感じ、それを見抜く力を持っていた。それが幸いした。

『坊っちゃん』については、部分的に大岡昇平や丸屋才一によって、また『こころ』については、大筋において阿部知二や大江健三郎によって、つまり、作家ならではの読みの深さによって、漱石の表現と意味するところの輪郭は、百年という長さを要したとはいえ、ようやく見ることができるようになってきたのだ。

右の動きに励まされ、漱石が読み思索の糧とした原典資料に立ち帰って、そこから信頼できる漱石自身による記述証拠(若干は口述証拠)を発掘し、それによって漱石の作品に秘められてきたメッセージを、明らかにすることを試みたのが本書だ。

本書を書くきっかけは、教養課程と専門課程を通じてイギリス小説の読み方で筆者をしごいて下さった朱牟田夏雄先生から与えられた。先生が漱石の愛読書の翻訳をめざしておられるのに気づき、小説以外の漱石が読んだものを読もうと、だいぶ年月が経ってから志したのが始まりだ。

下書きがまとまりかけると、T・E、H・H、H・Y、T・Yの四学兄に読んでもらい、適切なコメントをいただくことができた。

また資料の渉猟では、東大美学教室の瀬尾文子さん、東北大図書館の皆さん、そして姫路文学館の甲斐史子さんのお力添えをいただくことができた。

お世話になった方々は多いが、右の方々にはとくに深く感謝します。

最後になるが、忘れるわけにいかないのは、教養課程以来の友人のY・Nだ。彼は筆者の学説史を、「すきま産業」とからかった。すきまに入りこむから、新しい発見があるのだ。彼は筆者を褒めてくれたのだと思うことにしている。

目次

はじめに

第一章 『坊っちゃん』の諷刺…… 1

主題がつかめているか／秘められた記号／コードは元老の行状／滑稽と諷刺と劇的解放／魯庵、独歩、四迷に続く／この国は「亡びるね」

第二章 明治の知の連環…… 43

七五点と八五点の答案／蓄音器と化した学生たち／狩野亨吉を囲む哲学勉強会／ヘーゲルの「正・反・合」で切磋琢磨／明治の知の連環

第三章　ロンドンでの構想……67
あっと言う間の二年／五度も下宿を変える／本屋と緑地と自転車で旅愁をいやす／ロンドンは格差社会の縮図／漱石の「文学の素」と池田菊苗の「味の素」／新聞を読み寅彦に手紙を書く／池田菊苗は文理兼帯で良識派／クロージャーの『文明と進歩』を読む／ロンドン構想――帰国後の執筆計画

第四章　文学は時代精神の表れ……101
高まる漱石の国際的評価／発端はトルストイの芸術論／神を芸術から追放するには／ヘーゲル哲学と文学の親和性／文学は意識の流れで「時代精神」を表す／漱石は図解して考えた／大塚保治との同時発想／『文学論』の構成

第五章　エゴイストの恋……133
『それから』の「それ」とは／我を自覚させた社会／三角関係はエゴイ

スト／自我の淋しさに耐える

第六章　私を意識する私はどこに……155
孤独の下降スパイラル／私を意識する私はどこに／「間主観性」の入口に立つ／晩年の哲学遍歴／実験小説で系統的に『文学論』を検証

第七章　『こころ』の読まれ方……179
日本近代文学の代表作／嫉妬を描く心理小説の決定版／高等遊民の「思想問題」／大逆事件にたいする秘められた告発／先生の遺書に私はどう答えるか／「時代精神に殉死する」で論争が続く／作家は作家の想いを読む／大江健三郎の『こころ』読み直し／「則天去私」は機械仕掛けの神／読み直しによって展望を得る

おわりに　219

第一章　『坊っちゃん』の諷刺

主題がつかめているか

て読む。

『坊っちゃん』をほとんどの読者は、正義漢によって悪玉が懲らしめられる痛快な物語として読む。

なかには、人生を通じて、数え切れないほど何回も読みなおす人々も少なくない。代表は作家の大岡昇平(一九〇九〜八八)だ。率直につぎのように述懐する(『一冊の本　全』一九六七年)。

「始めて読んだのは中学一年の時で、生まれてはじめてのふり仮名なしの本だった。仲間のしないことをしているという誇りがあり、大人の世界をのぞき見する心のときめきのようなものがあった」「明治の地方的利害のからみ合いや学校内の人事的かっとうが生き生きと描き出されていて、なるほど人生とはこんなものかと、中学一年生の私は感慨無量であった」「人生の万端が子供っぽい「坊っちゃん」の目を通して書かれているので、子供の私にもわかりやすく、共感されたということだったらしい。すぐ二、三度繰返して読んだが、その後も読みたい本がきれた時、現在なら、なにか一仕事すませて、頭の転換が必要な時、なにか慰めがほしい時など、寝床の中へ持って入る」「そしてほほえんだり、吹き出したりしながら、ざっと読み終わって、安らかに眠りに入るという段取りである」

これが大多数の読者に共通の素直な読み方だろう。

それとは対照的にまちまちなのが、評論家による解説だ。刊行されてから一世紀以上も経つのに、いまだに定まらない。多様な評価があって、たいへん結構だというのとはわけが違う。混沌があまりにも長く続きすぎる。

最近はそれが昂じたのか、一方では諸説を歴史的に、他方では現時点で横断的に羅列した、どちらも読者を置き去りにした、専門家たちにとって八方美人的な解説が幅をきかす。

前者を代表する例では、新旧四通りの読み方を併記する。第一は、昔ながらの読み方で、漱石自身の松山での体験をモデルにした、いわば私小説として読む。第二は、戦前の、とくに大正時代の修養主義に沿って、孤独な青年の精神的独立の過程を見出そうとする。第三は、新しい説だが、薩長藩閥政府にたいする旧佐幕派の対抗という文脈を重視する。第四は、主人公が就職先での反逆も空しく帰京すると、支持してくれていた唯一の人、清《きよ》がすぐ亡くなる悲劇に同情する。

他方、後者の代表例では、最近のフェミニズム批評、ポストコロニアル批評、ナショナリズム批評などの流行に加えて、東京帝国大学批判、田舎差別小説、山の手出身で近代的な出世を願った〈坊っちゃん〉が「江戸っ子」になる物語、そして近代的感性による近代批判という自己矛盾などと、七通りのレッテルが貼られる。

どちらの流儀の解説であれ、これでは読者が戸惑ってしまう。こうした解説の混沌に、漱石自身は、どう答えるだろうか。

作品が発表されてからまだ五カ月しか経たない頃、新聞記者が作品のモデルを問うた（「国民新聞」明治三九年八月三一日付）。

漱石は『ガリヴァー旅行記』（一七二六年）のパロディとでも答えるかと思いきや、『宝島』の作者、ロバート・スティーヴンソン（一八五〇〜九四）の名を挙げ、いかにも彼の作品らしい表題を口にした。似た名の作品集があったが、漱石が挙げた名の作品集そのものは実在しない。世間はそれに気づかず、まんまとはぐらかされてしまった。

だが、それでは相済まないと思ったのか、「ローカル、カラー——土地の景色は致し方がない、此は写生でなければ甘《うま》く行かないから」と、背景としては、四国の松山を借用したことを認めた。

この返答を敷衍するならば、「背景は松山だが、主題は別だ」というわけだから、現在に至るも、批評家の解説は、仮想の物語を支える細部にとらわれ、核心の主題がつかめていないことになる。枝葉末節をてんでばらばらに核心だとこじつければ、当然ながら解説は四分五裂とならざるを得ない。

『坊っちゃん』の読み方において、片や一般の愛読者と、他方の文芸の専門研究者や批評家との間で、隔たりがあまりにも大きすぎる。

こうした受け取り方の四分五裂の根本原因は何か。『坊っちゃん』の本質が諷刺小説であることを見失ってしまったためではないか。いや、そもそも諷刺小説とは長く気づきもされなかったためではないか。

秘められた記号

古典時代の諷刺はもっぱら詩だったが、近代小説による諷刺は、いつどこで始まったか。

それは一六世紀のスペインだった。当時の正統文学は教会側に立っていたので、腐敗と貧困の不当を訴えるには、教会に反逆する悪漢(ピカレスク)でなければ、漱石が言うところの「写生」が成り立たなかった。そのため、諷刺と言えば悪漢の冒険譚になった。

それをスペインで、一七世紀の初めにミゲル・デ・セルヴァンテスが大成させ、一八世紀のイギリスでジョナサン・スウィフトが、船医の異界の島々への航海冒険記へと昇華させた。そして明治の日本で、漱石が悪徳教師を懲らしめる青年の活劇談へと結構を改めた。ピカレスク小説のパロディの、そのまたパロディという大きな流れに、漱石は乗っていた。

パロディは「もじり」(摸作)と訳され、ともすれば後ろ向きと見られがちだが、原義はギリシア語のパラ・オイデ(反歌)で、前作の方法や主題にたいする対案、つまり、革新として多くの傑作をもたらした。もちろんセルヴァンテス、スウィフト、漱石、いずれの場合も、前向きのパロディの典型だ。主題は時代と社会に依存するので脇に置くとして、方法と構成について比較すると、なかなかどうして漱石は斬新で卓抜なのだ。

諷刺の対象は、目立ちすぎてはならないし、まったく気づかれなくても役立たずだから、表現には慎重な選択を要する。数を絞って、ここぞという個所に、文章としてではなく、記号(サイン)として、しかも当局の訊問にたいし言い逃れができる曖昧で多義的な記号として埋め込まれる。

記号は意味を特定できるコード(鍵)を知っている者には能弁だが、知らない者には気づかれずにすむ機能を持つ。

『坊っちゃん』には、どんな記号が秘められているか。読めば読むほど、三個所の描写でひっかかるはずだ。何かのアレゴリー(諷喩)らしいが、残念なことに、これまで充分に追究されず、納得のゆく注釈が与えられてこなかった。

出てくる順序に挙げると、第一の記号は、どんな物語になるかと期待させ、サスペンス効果が大きい、第一章の冒頭に置かれた。坊っちゃんの隣家の山城屋という質屋の息子が栗を盗みにきて坊っちゃんにつかまり、倒されて六尺(約一・八メートル)もまっさかさまに落ちて、ぐうとうめく場面だ。

記号は〈山城屋〉だろうが、言い逃れられるように曖昧にするため、松山で坊っちゃんが泊まる宿の屋号も「山城屋」というように、重複させてある。この重複を漱石のミスと早とちりしてはならない。質屋や宿屋の名前としてごくありふれていて、他意はないと、検閲をかいくぐれるように配慮してあるわけだ。

第二の記号は、出てくるのが物語として真ん中に近い第五章で、坊っちゃんが赤シャツたちの策略を疑い始め、物語の展開が読者にとっていよいよ気懸りになり、一段とサスペンスが高まる個所に当たる。

坊っちゃんが赤シャツと野太鼓(野だ)に誘われて釣りに出た沖合で、赤シャツが小島の上に枝をひろげる松を見つけ、ターナーの絵の松にそっくりと評すると、野だが島をターナー島と命名しようと提案するくだりだ。〈松〉が記号だろうが、コードが与えられなければ、松が何を意味するかは特定できず、検閲を避けられる。

第三は、右にすぐ続く個所だ。ターナー島の岩の上にラファエルのマドンナを置いてはどうかと野だが提案すると、赤シャツがマドンナの話はよそうじゃないかと、ホホホホと気味悪く笑う。坊っちゃんは、芸者のあだ名ではないかとかんぐる。

いかにも謎めかしてあるように、〈マドンナ〉も記号だろう。だが、うらなりという英語教師の許嫁の呼び名だと言い開きすれば、当局から咎められようがない。

記号のコードを見つけるには、記号間の関係、記号と記号でつくられるネットワークを探るのが定石だ。

漱石も似たようなことを、『坊っちゃん』の執筆後にまとめた『文学評論』（明治四二年）の第四編「スウィフトと厭世文学」で、「諷喩（allegory）なるものは……出来事の序列（the course of events）をやはり比喩的に他の一組の出来事の序列（another course of events）で表わす方法である」と述べている。

そのひそみに倣うならば、右に列挙した〈山城屋〉―〈松〉―〈マドンナ〉という一組の記号の序列が、諷喩の対象の一組の序列を表していることになる。このようにひとつの連関を他の連関と関係づけて推理しはじめると、ひとつの記号の解読が他の記号の解読を助け、意外に一挙に解けてくる。

コードは元老の行状

『坊っちゃん』が書かれた明治三九(一九〇六)年、よほど世事にうとい者でない限りは、〈山城屋〉とあれば、しかも金を融通する質屋とくれば、陸軍省の公金を費消して自殺した山城屋和助(一八三六〜七二)だと、ピンときたに違いない。

また質屋の息子は、事件当時は陸軍中将で陸軍大輔兼近衛都督(天皇親衛隊司令官)の山縣有朋(一八三八〜一九二二)だと気づいただろう。

山城屋の本名は野村三千三《みちみ》で、維新前は長州の奇兵隊に参加し、維新後は商人になり、奇兵隊で上官だった山縣有朋たちをたよって陸軍省に出入りした。軍需品の納入で山城屋を儲けさせる代償として、陸軍高官たちが、幕末の志士と同じように金品を強要したと推定される。合計すれば多額に及んだに違いない。

贈賄資金捻出のため山城屋は、将軍たちが拒みにくいのにつけこみ、陸軍の公金を流用させて生糸相場に手を出した。それが焦げ付き、彼はパリへ逃げた。政府内で経緯が知れ渡り、山縣の命令で帰国したが、合計六五万円（国家予算の一％、陸軍予算の一〇％）の穴埋めができず、証拠書類（将官たちの借金証文？）を焼いて、明治五（一八七二）年一一月二九日、彼は陸軍省の一室で割腹自殺した。

山縣は山城屋が自殺する前の七月に近衛都督をやめ、事件後も司法省の追及を受け、翌年四月には陸軍大輔も辞任した。それで漱石は、質屋の息子が落ちたと諷刺したのだろう。

『文学評論』で漱石は、「小人国の役人どもが天子の前で色々な芸尽しを遣って御機嫌を取る」と、『ガリヴァー旅行記』の第一編第三章から引用する。原典をたどると、大臣志願者が綱渡りで落ちて負傷する顚末までことこまかく書かれている。第一の記号〈山城屋〉を仕込むとき、このくだりが漱石の脳裡に去来したと推定するほうが自然だ。「息子の墜落」からだけでも、政治家失脚の隠喩だと、ピンときてよいところだろう。

第一の記号の正体を山縣有朋と想定すれば、第二の記号の〈松〉の候補として、京都の無隣庵の〈松〉を思いつく。

もともとは南禅寺の境内のはずれで、維新前から「丹後屋」という湯豆腐料理屋があった区画を山縣が手に入れ、そこに明治二九（一八九六）年に二つめの別邸を造営させた。

琵琶湖疏水から特別に水道を敷設し池に注がせ、木立ちの先に東山の峰々を借景する。絶景を独占するので「隣が無い庵」(無隣庵)と豪語する傍若無人な贅沢は、当時彼が首相だったから可能だったのだろう。

大型汚職という普通ならば復帰不能な不祥事から、山縣が立ち直って元老として最高権力を握り続けるには、巡り合わせだけでは済まされない、抜け目なさと後ろ盾を要するはずだ。しかしどの伝記も役立たずで、この急所を徹底究明していない。

だが、意外に趣味の作庭の過程に、彼の行動原理(思想)が表れているように思われる。彼にとって、政治体制いじりは、庭の木や石の配置と同じで、綿密な設計(計略)と周到な施工(人事)、そして天皇による箔付け(権威)、この三点でぴたりと共通していた。

まず明治一一(一八七八)年の参謀本部設置によって、軍にたいする指揮が、首相や陸海相ではなく、参謀長の天皇への上奏のみで決定できる抜け道(統帥権と帷幄上奏)が設けられた。

軍をアンタッチャブルにするこの制度は明治二二(一八八九)年公布の大日本帝国憲法でも温存され、さらに同三三(一九〇〇)年には軍部の協力なしには組閣できない制度(軍部大臣現役武官制)によって絶対化された。この憲法の裏をかく三位一体の制度によって、軍は完全にシビリアン・コントロールから隔離された。

いずれも天皇のためを大義名分として、驚くべきことに一貫して山縣によって立案され推進された。首相を推薦する元老として国家を壟断《ろうだん》したその後の山縣の地位と権力は、この明治憲法特有の「大権」に依拠していた。

この権力を一手におさめる暗躍ぶりを象徴するのが、まさに無隣庵の〈松〉だった。それを新聞で吹聴したのだから、厚かましさには呆れるしかない。明治三五（一九〇二）年一月一日付の「東京日日新聞」（「毎日新聞」の前身）によれば、前年に無隣庵へ明治天皇より下賜された二本の松が根付いたので、その写真を天皇のお目にかけたところ、天皇より和歌を賜ったので、山縣が返歌を捧げたと記者に語ったという。

御製――「おくりにし若木の松のしげりあひて老の千とせの友とならなん」

返歌――「みめぐみの深きみどりの松かげに老もわすれて千代やへなまし」

「おひしげれ松よ小松よ大君のめぐみの露のかかるいほりに」

だが実は、この談話はヤラセでデッチアゲだった。松は天皇から賜ったのではなく、山縣がせびったのだ。

無隣庵平面図

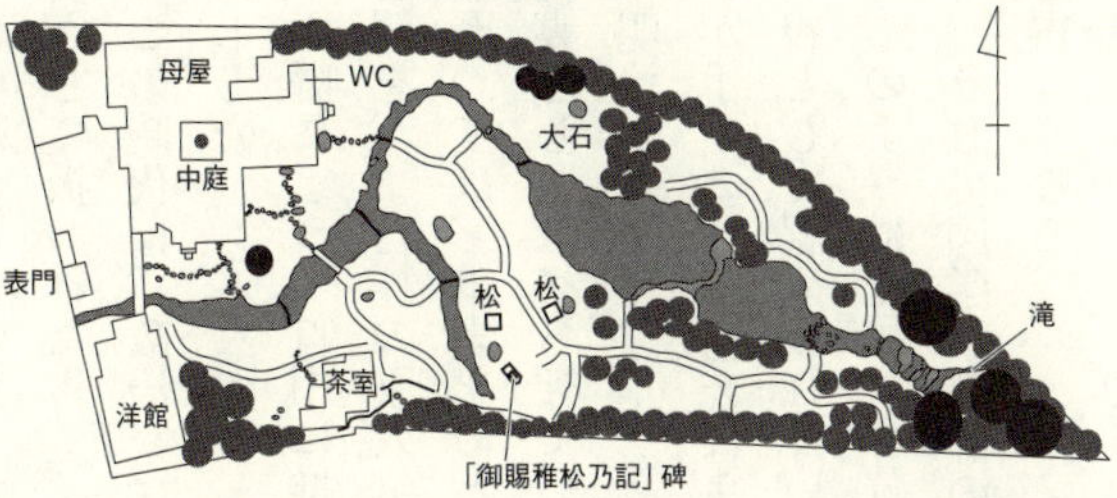

※歌碑のそばの四角の石組みのなかに下賜の松が植えられた．敷地の西南隅に煉瓦造り２階建ての洋館が附設され，密談や護身のための隠れ家に使われた．

宮内庁編による『明治天皇紀』の明治三四（一九〇一）年三月の項には、宮内大臣を通じて山縣から京都御所内の松を一本所望してきたので、枯れて不吉の兆しと取り沙汰されるのを怖れ、二本の松を与えたのだった。写真にたいする歌は侍従長が書いたもので、また山縣が御製の表装のため天皇の御衣を乞うてきたのにたいしては、天皇を切ることになるため、別の布を与えたと記録される。

　天皇が身に着けたものを求めるのは、尋常な神経ではない。山縣としては天皇の寵を試し、その強さを誇りたかったのだろう。今も御製と返歌を刻んだ石碑が無隣庵の池のほとりに残るが、賜ったと自慢した松は立ち枯れてしまった。

　第三の記号の〈マドンナ〉は、山縣そして無隣庵の松という序列からして、山縣に囲われていた女性を指示する。前身は日本橋の吉田屋の芸者、大和《やまと》（吉田貞子）で、山縣によって落籍されたあとは江戸川のほとりに隠れていたが、明治二六（一八九三）

年に山縣の正妻の友子が亡くなると、事実上の後妻、お貞として登場した。ただし入籍されず妾として扱われた。

この時代は、政治家に妾は付きもので、「万朝報《よろずちょうほう》」をはじめとして、新聞のゴシップ欄を賑わした。

山縣によって首相に推され、日露戦争を起こした桂太郎（一八四八〜一九一三）は日本橋出身のお鯉を、また桂の不人気を和らげるため後継内閣を引き受けた西園寺公望（一八四九〜一九四〇）に至っては、本妻をめとらず、元芸者の玉八とふさ奴《やっこ》、また女中頭の花子と綾子、計四人を、権妻《ごんさい》としてはべらせていた。

明治になって、「正妻」にたいして「副妻」を意味する権妻という呼び方が生まれたが、それが示すように蓄妾はまったく罪悪視されず、明治三一（一八九八）年の民法改正まで、妾は二等親として認められていた。

このように記号が解読されると、ただちに物語中の校長の狸が山縣、教頭の赤シャツが西園寺、そして図学の教師の野だ（野太鼓）が桂というように、三首相に擬せられていると想わざるを得なくなる。

桂はニコニコと笑顔で相手に近づき、肩をポンと叩き、手なずけるのが巧みだった。そのため新聞記者の間では、あだ名の「ニコポン」で呼ばれた。

私費で留学したドイツから戻ると山縣によって陸軍大尉にとりたてられ、以後ひたすら山縣に忠実に仕え、山縣が陸軍と内務省に張りめぐらした人脈を手代としてまとめるため、「ニコポン」を続けるうちに、習いが性となったのだろう。また桂が進言しても、山縣のアイディアとして利用され、桂にできるのは山縣の機嫌取りだけと世間から見下された。

まさに芸のない無粋な太鼓持ち「野太鼓」として扱われた。山縣の人の使い方のためだ。

他方の西園寺は、第一に洋装で宮中へ出仕した最初の公卿、第二に愛煙家、第三に自称文学理解者として、キザをひけらかし他と差をつけたことで知られる。それらのそれぞれに対応する記号として漱石が与えたのが、第一に目を引く「赤シャツ」、第二にハンケチで磨く「パイプ」、第三に表紙が赤い雑誌の「帝国文学」だった。

むしろ野だの桂や赤シャツの西園寺から、逆に狸の山縣に気づくという読み方もあり得た。そのほうが多かったかもしれない。推理しやすかったからだ。

だが、元老の三者と中学校教員の三者とを結びつける決定的証拠は与えられていない。もし与えられていれば、内務省による検閲にひっかかってただちに発禁処分を受けたに違いない。漱石がめざした政治諷刺は果たされなかっただろう。それが理由で、作品のモデルについての探訪記者の問いに、漱石としては、答をはぐらかさざるを得なかったのだ。

『坊っちゃん』は明治三九(一九〇六)年三月に一気に書きあげられたが、それに先立つ半年は、日露戦争の影響で政治的にも社会的にも大きく揺れに揺れた。いつ政府が言論弾圧に乗り出さないとも限らず、小説家にとって実に危険な状況だった。

予想以上に多くの戦死傷者、膨大な軍事費をまかなうための増税、生活必需品の値上がり、生活難にたいする庶民の鬱憤、講和条件についての不満、それらが引き金となった明治三八(一九〇五)年九月の日比谷焼き討ち事件、それにたいする半月に及ぶ東京区部における戒厳令施行、さらに翌年三月の東京市電値上げ反対事件と、騒乱が続いた。

人心を鎮静するため、桂内閣は明治三九年一月七日に西園寺内閣と入れ替えられたが、元老の山縣の采配と原敬(一八五六〜一九二一)の仲介によって、議会の外の談合で進められた。もっぱら相互の党利党略のための取引だった。

それが可能だったのは、明治憲法では首相が天皇によって指名されたからだ。ただし天皇を免責にするため、元老の推薦に基づくとされ、元老の山縣の一存によって首班が選ばれ、一方的に国家の方針が決定されていった。民意どころか議会すらも完全に無視された。

こうした背景のもとで、漱石が何を諷刺しようとしたかによって、その方法と構成は自ずと創造されていった。

滑稽と諷刺と劇的解放

当局の検閲を避けるための苦肉の策であったが、かえって諷刺の効果を高める、漱石ならではのユニークな方法として、彼はつぎの四つを編み出した。

第一に、諷刺対象の人物をほのめかすため、記号とコードを採用した。

第二に、諷刺の対象をほのめかしつつも、すぐその場で対象の行動と結びつけての直接的な諷刺を控えた。

諷刺には、少なくとも三つの側面の記述が必要だろう。諷刺される「人物」、諷刺される「行状」、諷刺に相当する「根拠」だ。そこで「行状」と「根拠」の記述を、「人物」の提示から、表面的には分離した。

それでありながら、別のようでもあり、つかず離れずのようでもあり、併せて三つの側面の記述から成り、読者の読み方次第でひとつの寓話になるように、全体が仕組まれた。他の諷刺小説ではあまり見られない独特の構成だ。

諷刺の究極の対象に限りなく近いが、検閲当局にたいしてはあくまでも別個の三人物、つまり、寓話の主人公たちとして、替え玉の狸と赤シャツと野だを設定し、彼らに諷喩的で滑稽な行状をいわば演じさせ、検閲の眼をくらまして、なお余りある起伏に満ちた物語によって、読者を悪漢探しに巻き込み、楽しませる。

諷刺のための秘められた記号に気づかずとも、読者は与えられた寓話を勧善懲悪の滑稽な物語として独立におもしろく読むことができた。現に今もそれが可能なため絶大な人気を博し、また大岡昇平が述懐したように、若い読者たちには、社会の清濁を知る格好の事例としても役立っているのだ。

この点は漱石自身も承知していて、『文学評論』の「スウィフトと厭世文学」の章で、小人国の役人が演ずる曲芸について、「これを諷喩と見ないで単にこれ限りの話として読めばまた捨て難い面白味がある」と評した。

第三に、もっとも重要な特徴だが、滑稽から諷刺への発展だ。一方の坊っちゃんと山嵐のいわば「正義の滑稽」によって、他方の狸と赤シャツと野だたちのいわば「悪徳の滑稽」が誘い出され、後者の滑稽のなかから諷刺の対象となる行状と基準とが現れる。実にドラマチックだ。

このような筋立てが、漱石の滑稽と諷刺にたいする立場と捉え方を示す。

厭世的で、人間嫌いで、のっけから人間とは諷刺されるべきときめつけてかかっていたスウィフトは、『ガリヴァー旅行記』でそうした筋立てを必要とせず、また仕組まれていない。それにたいし漱石は、スウィフトほどには人間に絶望せず、読者を信じて、読者による悪の追及（最近の文学理論で言うシミュレーション）に期待した。

そもそも文学における諷刺（サタイア）とは、諧謔（ユーモア）と滑稽（ルディクラスネス、馬鹿馬鹿しさ）の二通りの表現を通じて、人物や社会や、とくに政治などの、社会的規範に合わない面を許せないとして否定することに他ならない。

諧謔として括られるのは、駄洒落、機知（ウイット）、皮肉（アイロニー、あてこすり）などだ。一口で言えば言葉の「ずれ」、通常とは異なる含みを持たせた、状況に不釣り合いな——漱石が『文学論』（明治四〇年）で「不対的」と分類した——言葉遣い、表現法（レトリック）に依拠する。いずれも言語のみによる表現であって、行動をともなわない。

それにたいし滑稽は、言葉遣いのみ、あるいは身体的振る舞いのみについても言われるが、一般的には、状況からずれた、個人なり集団の、言葉をともなう身体的振る舞い、おかしな言動を指す。

言語だけか、あるいは行動が主体であるかで、諧謔と滑稽とは異なるが、共通する不対性、つまり、通常からの「ずれ」は、言葉や行動の意味するところの二重性(多義性)から成り立つ。「表面と裏面」「上べと底意地」「言葉と行動」などの不一致にたいして、どちらの意味を取るべきかが曖昧(多義的)なのだ。そうした曖昧さによる表現、それを解き味わう面白さが、諧謔や滑稽に他ならない。

滑稽が滑稽を喚起し、滑稽が連鎖反応することとは、日常的に観察される。落語のお定まりとして「仕込み」と呼ばれるが、登場人物に滑稽の前兆となる言動を取らせる。言動と結果の背反を聴衆に予期させ、それに応えるように「ずれた」(滑稽な)言動を語ることで、聴衆の笑いを確実に獲得する。

よく知られる例が、「時そば」でのそばの褒め方や、時の数え方の齟齬《そご》、前客の真似のやり損ないで笑わせるくだりだ。

漱石は、坊っちゃんに天ぷらそば、団子、温泉での遊泳とつぎつぎに滑稽を冒させるが、その過程ではひとつの滑稽がつぎの滑稽を予期させ、生徒のからかいを高揚させ、坊っちゃんをますます滑稽な存在と化し、読者をして微苦笑から哄笑へと導く。

他方、滑稽が諷刺に転化する明快な例として、落語では「小言念仏」が挙げられる。念仏を唱えるべきではない対象(鍋の材料の泥鰌《どじょう》や調味料の酒など)にまで唱えさせ、滑稽を超えて信仰の在り方、ひいては宗教そのものの諷刺に及ぶ。

もっとも秀抜な例は狂言の「宗論」だろう。浄土僧と日蓮僧が教義の優劣をめぐり言い争う滑稽を重ね、踊り念仏を競ううちに、ついに互いに相手の宗派の題目と念仏をとり違えて唱え踊る。滑稽のなかにあった何かが高まって諷刺へと昇華するというよりも、滑稽と滑稽の対立葛藤から諷刺が生ずる。

漱石はこれらの日本の伝統的な滑稽や諷刺の方法を、『坊っちゃん』を書くために真似たわけではない。すっかり身についていて、諷刺を意図した途端に自ずと湧いてきたので、それに従ってしまったのだろう。漱石の天賦の感受性という種子が、伝統の話芸という温床で芽生え、フィールディング、ローレンス・スターン、スウィフトなどを中心とする英文学という養分によって伸びたのだ。彼の諷刺は、種子、温床、養分の三つが揃った賜物だった。

『坊っちゃん』という寓話は、煎じつめると、赤シャツに代表される二重道徳を諷刺する。教育勅語が説く道徳を生徒に押し付け、また一方で彼は小鈴という贔屓《ひいき》の芸者と遊ぶ間柄にありながら、他人の許嫁（マドンナ）を奪いにかかる。

嘘をつくと嘘を重ねなければならないのと同じで、二重道徳は二重道徳の積み重ねをまねく。マドンナの婚約相手、英語教師のうらなりの追放を画策し、それを数学教師の山嵐が咎めると、つぎには彼をも追放するため、補充として坊っちゃんを採用する。

だが、坊っちゃんの諧謔と滑稽によって山嵐との協力関係が生まれると、赤シャツは両人によって非道徳を暴露されるのを怖れ、彼らを嵌《は》めて他校の生徒と乱闘させ、それを新聞に書き立てさせて辞表を書かざるを得なくさせる。

ついに怒った坊っちゃんと山嵐は、赤シャツと提灯持ちの野だが芸者と夜を過ごした宿から出てきたのを捕まえ、背徳を糺《ただ》すため、最後に鉄拳と卵で制裁を加える。

こうした展開において、女性をなぶり、意に沿わない者を操り、敵対する者を嵌める言動が決定的に明らかになったのを契機に、つまり、道徳的批判の根拠が固まったのを契機に、漱石は赤シャツの〈滑稽〉を、赤シャツにたいする〈諷刺〉へと転化させる。そのとき滑稽に存在した二重の意味が消え、言葉の裏や底意地や背徳的な行為などが露わになる。そうした意味の多義性の払拭、意味の一義性の決定が、即ち諷刺だ。

第四に、漱石の諷刺の方法でユニークな点として、滑稽から諷刺への転化がつぎつぎに進行し、最後に驚きをともなう事態の逆転（正邪の逆転）を読者に発見させ、一挙に緊張（サスペンス）をほぐし、劇的解放（カタルシス）を読者に与える。これが読者の味わう痛快さなのだ。滑稽が諷刺をもたらし、諷刺が劇的解放をもたらす。

以上の分析で明らかなように『坊っちゃん』は、諷刺寓話のなかに勧善懲悪物語を「入れ子（紋中紋・ミザナビーム）」として含むように構成される。入れ子を本体と勘違いして、作品を「子供っぽい」などと片づけるのは、それこそ「子供っぽい」のではあるまいか。勧善懲悪物語の外側を、実は諷刺物語が包んでいるのだ。

魯庵、独歩、四迷に続く

ここで明らかにされつつあるような政治諷刺小説を、果たして漱石は書こうとしたのだろうか。創作は外的要因と内的要因の相互作用によって生まれるはずだ。

書かずにはいられなくなるほど、確かに政治的状況ないし社会的状況は逼迫《ひっぱく》していた。それが『坊っちゃん』を書かせた〈社会的動機〉だった。

だが、弾圧される危険を冒してまで、またそれを避ける手立てまで尽くして、あえて踏み切らせるだけの〈文学的動機〉が、漱石の心中に醸成されていたかどうか。

大日本帝国憲法の第二十九条では、「日本臣民ハ法律ノ範囲内ニ於テ言論著作印行集会及結社ノ自由ヲ有ス」と定められていた。だが、あくまでも言論表現の自由は、法律が許す範囲に限られた。憲法に先立って明治二〇（一八八七）年に「出版条例」が勅令により改正されていた。

その第十六条で「治安ヲ妨害シ又ハ風俗ヲ壊乱スルモノト認ムル文書図画ヲ出版シタルトキハ内務大臣ニ於テ其発売販売ヲ禁シ其刻版及印本ヲ差押エルコトヲ得」とあらかじめ縛られていた。だから、自由は有名無実だった。

明治二六(一八九三)年には「帝国議会ノ協賛ヲ経タル出版法」に切り替えられたが、前条と同じ旨が第十九条に規定されていた。大権優先の明治憲法の例に洩れず、言論の自由も穴だらけで、内務大臣の一存で言論はどのようにも弾圧できた。

なお出版条例では内務大臣として、また出版法では司法大臣として、山縣有朋が、民間の声を分断するため制定を推進したことを銘記しておかねばならない。

政治家の行状を諷刺しただけで発禁処分を受けたのだ。一例として、社会小説を提唱した内田魯庵(一八六八〜一九二九)が「文芸倶楽部」の明治三四(一九〇一)年一月号に発表した『破垣《やれがき》』が挙げられる。『坊っちゃん』発表の五年前の事件だ。

『破垣』は岩波文庫の『社会百面相・上下』(一九五四年)に再録されるが、二九ページにすぎない短編だ。男爵家へ奉公する若い女性(お京)が、男爵の毒牙にかかる前に教師に出会い、彼の助けで逃げおおせる。これが物語の大筋だが、中途に男爵と老伯爵そして鉄道会社の大株主の三人が酒を酌み交わしながら、お京を含め女性を手玉にとる男爵に追従する場面が挿入される。場面を大株主が主催する道徳高揚のための園遊会にしつらえ、対比させることで、魯庵は三人の貴顕紳士の非道徳性を告発した。

発禁処分を受けると、魯庵は三日後には、文庫で一三ページに及ぶ反論――「「破垣」発売停止に就き当路者及江湖に告ぐ」――を書き、政治諷刺を特色としていた「二六新報」に発表した。そこで魯庵が繰り返したように、風俗を攪乱するような猥褻《わいせつ》な記述は一行たりとも存在しなかった。三人の紳士は名無しだったから、名誉毀損で訴えられるはずもなかった。それなのに、なぜ発禁処分を受けたのか。

男爵と親しげに談笑する老伯爵という組合せ、しかもどちらも女遊びが激しいとなれば、実は特定されていたに等しかった。老伯爵は伊藤博文、男爵は伊藤の娘婿で内務大臣の末松謙澄、この組合せしかないと世間に気づかせた。伊藤の艶聞については例を引くまでもないが、明治三一(一八九八)年八月二三日付の「万朝報」によれば、末松は妾の浅井けいと檜物町の春の屋で会うのを常としていた。魯庵としては、読者にたいし諷刺対象を暗示して、社会小説として読まれることを意図したのだろう。

作中の男爵を末松と直接結びつけるのは形式的には無理で、まったく不当だったが、末松が内務大臣だったばかりに、内務省の係官が忠勤を励んで発禁処分に付したのだ。権力の濫用以外の何物でもなかった。

そもそも何が風俗壊乱に該当するか、確たる基準があったわけではない。そのためか、『破垣』よりも諷刺対象の不道徳ぶりがはるかに明らかに特定される場合でも、お咎めなしだった例も多かった。

国木田独歩(一八七一〜一九〇八)は生活に窮し、明治三四(一九〇一)年一一月から翌年一月にかけて、西園寺公望の駿河台の邸に寄食していた。その間に邸を警護する警官と親しくなり、彼の生きざまを写生し、『巡査』という表題の短編に仕立て(文庫にして九ページ)、同年二月に発表した。数えてみると『坊っちゃん』が出る四年前に当たる。

そのなかで巡査が自作の漢詩、「権門所見」(権力者の家での所見)を朗誦する。三句目(転)の「妻妾は知らず人の罵倒するを」によって、世間が西園寺の妾たちを悪口の種にするのを、彼女たちが知らないだけと皮肉り、ついで四句目(結)の「醜郎満面髯塵を帯ぶ」によって、風采のあがらない(外で立ち番する巡査の)自分は、髯がほこりまみれだと自嘲する。

『破垣』の前例に従えば、独歩の『巡査』も発禁処分に見舞われて当然だった。だが、西園寺は伊藤博文内閣で文相や外相だったとはいえ、作品発表時は下野していたためか、見過ごされた。取締りは内務省の意向次第で恣意的だった。

鎌倉でほぼ一年を過ごしたあと独歩は、写真と挿絵を主体とするグラフ雑誌、「東洋画報」(明治三六年三月一〇日創刊)の編集に当たった。これが予想外に売れた。誌名を「近事画報」と変え、対象を婦人から少年そして少女へと拡げた姉妹版も出した。日露戦争が始まると臨時増刊として「戦時画報」を発行した。月三回刊行で、一回で最大五万部、平均して毎月一〇万部を売った。

編集者としての独歩の功績を今に伝えるのは、誌名として現在も続く「婦人画報」の創刊、そして日比谷焼き討ち事件を克明に伝える歴史資料として価値を持つ「東京騒擾画報」だ。明治三八(一九〇五)年九月五日の午後、日露戦争の講和条件に非を唱えて日比谷公園に集まった群衆を、警官が抜刀して解散させようとしたのがきっかけで、内務大臣官邸が襲われ、市中の交番の七割が焼き払われ、死者一七名を出した。当日の午後一一時に戒厳令と新聞雑誌取締令が勅令として発せられ、戒厳令が三カ月近く続いた。全国で三九の新聞雑誌が発行を停止させせられた。

たとえば「東京朝日新聞」は、一五日間にわたって休刊を余儀なくされた。「暴動ヲ教唆シ犯罪ヲ煽動スルノ虞アル事項ヲ記載シタルトキハ」が発行停止の根拠だったから、実際に教唆煽動していなくても、内務省の「おそれあり」の判断次第で、どのような予防措置でも発動できた。既存の出版法ではなく、緊急の勅令に拠ったところに、当事者の桂内閣の動揺の大きさが窺われる。

新聞の一斉発行停止がまだ続く九月一八日に発行された「東京騒擾画報」は、活字に飢えていた読者に、多くの写真と挿絵で生々しく伝えたため、飛ぶように売れた。

たとえば挿絵のキャプションは、「弔旗を奪はんとして、日比谷公園正門に、警官民衆と格闘す(五日午後一時)」と、警官の立場から描くかのように思わせるなど、随所に弾圧回避の配慮が認められる。だが、読者の多くは「弔旗を奪い返さんとして、民衆警官と格闘す」と、逆に読んだに違いない。図柄としても、警官が背を見せ、民衆が正面に立つ。

これで発禁にならなかったのは不思議だ。あと一歩で発禁を避け得たのは、独歩が作家として立つ前に政治記者だったための感覚と配慮の賜物かもしれない。

他方、「東京朝日新聞」は、発行再開から二週間が経った一〇月五日に、無署名の「ひとりごと」を掲載した。

実はこれを書いたのは、社員の二葉亭四迷(一八六四〜一九〇九)だった。桂首相とわかる独白の主をして、戒厳令を解かなければ、新聞も議会も手なずけられるし、今や老齢の伊藤や山縣にも気がねなしで、自分の天下、怖いのは愛妾のお鯉だけと豪語させる。

諷刺の行間に、憲法や法律を「潜《くぐ》り」、議員には「例の手段」(買収)を用い、元老の影響力をそぐため「日蔭者扱い」(棚上げ)するなど、明治寡頭政治のイロハまでも織り込まれていた。四迷の観察と分析の鋭さに驚かされる。

それにもかかわらず発行停止の追加を免れたのは、発行を停止させると、書かれたことを事実として当局が自認することになるためだった。四迷が高飛車に出たのが、かえって功を奏した。

こうした経過が示すように、漱石が政治諷刺小説を書くお膳立てはすでに整っていた。政治中枢の目を覆うべき道徳的退廃という題材に関する限りは、確かに数年前から決定的だった。だが、それに従っただけでは、外的要因に誘われたことにしかならなかった。それを上回る内的要因、つまり、作家として、どのような背景と人物を、どのような構成と文体で書きたいという、已むに已まれぬ文学的要因がなければならなかった。

いかなる場合であっても、作家はそうあるべきだが、とくに題材が日露戦争に関するとなると、漱石には、日露戦争を賛美

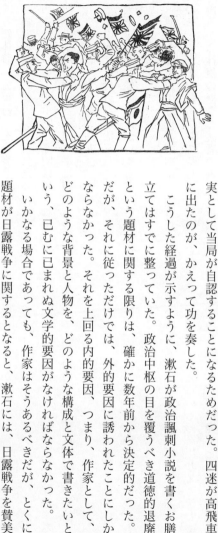

する新体詩「従軍行」を発表した前科のため、内心忸怩《じくじ》たるものがあり、名誉を回復するに足る強力な文学的要因が不可欠だった。

それについて明示的な弁明は残されていない。だが、それを暗示する微妙な表現が存在する。門下の中川芳太郎と森田草平に宛てた手紙の終わりに、手紙の用向きとは別に、漱石の感懐として唐突に、それは付け加えられていた。

中川宛ては日付が明治三八(一九〇五)年七月一五日で、「今にハムレット以上の脚本をかいて天下を驚かせ様と思ふがいくらえらいものをかいても天下が驚きさうにもないから已め様とも思ふ」と洩らした。

他方の森田宛ては日付が翌年一二月八日で、「実はハムレットを凌ぐ様な傑作を出して天下のモ、ンガーを驚ろかしてやらうと思へども歳末多忙の上いくらえらいものを出しても決して驚ろかぬ性根の据つた読者のみ故骨折損と存じ御やめに致し候」と、中川宛てとほとんど同じ内容なのが注目される。

つまり、〈ハムレット以上の傑作が書きたいが、読者には理解されない〉という想念が、短くとも『坊っちゃん』執筆の八カ月前から、六カ月後にわたって、一年以上も繰り返し漱石の脳裡に去来したことを推定させる。なお両人は英文学専攻で、教室で漱石の生の『ハムレット』

観に接した、その点でも漱石の苦衷に近づき得る、限られた門下生だった。

『ハムレット』では、叔父と母と彼らの関係者の悪行を、主人公が精神異常をよそおって確かめ、父の遺恨を晴らすため刺す。山縣以下の政治家どもの不徳を討つには、漱石にとって最高傑作の『ハムレット』にあやかりたいが、時代が違うから刺すわけにもいかず、どうしたものかと、暗中模索が続いたと想像される。

明治三九(一九〇六)年三月の初め、桂から西園寺への政権たらい回し、つまり、政党無視の寡頭制継続が固定するに至って、これ以上は我慢ならぬと、漱石の想いが一挙に噴出したのだろう。

苦悩するハムレットのように、精神異常をよそおうのではなく、剣ではなく、刺すのではなく、つまり、無鉄砲な坊っちゃんのように、滑稽をよそおうことで、諷刺することで、笑い飛ばすことで、悪は葬り去るしかないと、パロディが閃き、そこから物語の構想へと結晶していったのではなかっただろうか。

また悲劇ではなく、喜劇にすることで、『ハムレット』を凌ぐことが可能になると願ったのではあるまいか。

門下の両人にたいし漱石は、「『ハムレット』を超えたい(あるいはすでに超えた)と思うが、意図する諷刺を理解してもらえるだろうか」と、気懸りを晴らしたくて、ついつい近しい者に婉曲な形で尋ねてしまったのだろう。

漱石は『ハムレット』を、五高でも東大でも評釈している。『吾輩は猫である』では、「天の橋立を股倉から覗いて見るとまた格別な趣が出る。セクスピヤも千古万古セクスピヤではつまらない。偶《たま》には股倉から『ハムレット』を見て、君こりゃ駄目だよ位にいう者がないと、文界も進歩しないだろう」と、猫に語らせた。

漱石の内的動機までも含めて、『坊っちゃん』の成り立ちを見直すと、中心に伝統の話芸の方法を駆使した勧善懲悪物語、周りに西欧ピカレスク小説のパロディである政治諷刺小説、さらに外側に煩悶しつつも悪に復讐する『ハムレット』という戯曲のパロディと、三重の構造が浮き上がってくるではないか。

もっとも外側のパロディの意義は、勧善懲悪そして政治諷刺、それらにさらに加えられるものでなければならない。

『ハムレット』の幕切れで、彼に課せられた大義(原典ではコウズ、復讐の大義名分、ひいては道徳の再建)を、親友のホレイショーとつぎの王となるフォーティンブラスが世に伝えると約束する。それによって観客は、この戯曲が復讐劇である以上に、古い騎士道道徳に代わる新しい市民道徳への期待を告げる道徳劇であるのを噛みしめる。『坊っちゃん』が『ハムレット』のパロディならば、坊っちゃんを支えてくれた清は、ホレイショーやフォーティンブラスに当たる。

この国は「亡びるね」

『坊っちゃん』の発表から二年半後、明治四一（一九〇八）年に『三四郎』が「朝日新聞」に連載された。上京する車中で出会った男（実は広田先生）と、主人公の三四郎はつぎのような話を交わす。

「――あなたは東京が始めてなら、まだ富士山を見た事がないでしょう。今に見えるから御覧なさい。あれが日本一の名物だ。あれより外に自慢するものは何もない。ところがその富士山は天然自然に昔からあったものなんだから仕方がない。我々が拵《こしら》えたものじゃない」といってまたにやにや笑っている。三四郎は日露戦争以後こんな人間に出逢うとは思いも寄らなかった。どうも日本人じゃないような気がする。

「しかしこれからは日本も段々発展するでしょう」と弁護した。すると、かの男は、す

ましたもので、

「亡びるね」といった。――熊本でこんなことを口に出せば、すぐ擲《な》ぐられる。わるくすると国賊取扱にされる。

それから三七年後の一九四五年に、大日本帝国の敗戦として「亡びるね」は的中した。漱石の本旨は予言ではなかったのに、その任に当たるべき政治評論家や政治学者を差し置いて、ほとんど漱石のみが期せずして驚くべき役割を果たし得たのは、彼個人の洞察を励起させた、文学の力、正確には漱石が志向した文学の在り方のためだった。

誤解してはならないが、漱石は小説中の人物の口を借りて、いたずらに自説を振り回すのをもっとも潔しとしなかった作家だ。登場人物が抱く感想や主張は、そのように感じ主張する人物が存在すると想像して、それにたいし他の人物がどのように対応するかを、さらにまた想像してゆくための印象や観念や情緒――『文学論』で定義したF＋f――に他ならなかった。あくまでも想像上の人物自身のものだった。

具体的に言えば、「亡びるね」は、三四郎に代表される当時の知識人の卵が、国民の将来をどこまで考え詰めているかを、その当人たちに反省させる（シミュレートさせる）ための命題として与えられたのだ。彼らが出す答次第で、国が繁栄するか滅亡するかが決まる。それだけに、与える命題は単なる思い付きでは済まされず、漱石がもっとも試してみるべきと信ずる核心的命題でなければならなかった。

それを用意したのが、他ならぬ『坊っちゃん』だった。そこですでに「亡びるね」という命題を構成する主要な三つの要件が明らかにされていた。

第一は議員の買収、第二は政敵の汚職暴露による失墜、第三は政敵の閑職への棚上げだ。憲法を抜け道だらけにしておき、政策は重大であればあるほど反対不能な勅令として発布した。さすがに財政だけは納税者を納得させるため議会に諮《はか》るが、それすらも元老と彼らに仕える軍と官僚の思惑通りに押し通すため、議員に反対させぬように買収など三つの手を使った。

そんな無法を一〇年も続ければ、権力の間違った暴走を止める勢力も制度も崩壊し、国家が亡びるのは理の当然だった。漱石のそうした思考の跡が、『坊っちゃん』執筆と時期的に近いと推定されるメモ帳「明治三九年　断片三五B」の終わりに見られる。

遠クヨリ此《この》四十年ヲ見レバ一弾指ノ間ノミ。所謂《いわゆる》元勲ナル者ハノミノ如ク小ナル者ト変化スルヲ知ラズや。明治ノ事業ハ是カラ緒ニ就クナリ。今迄ハ僥倖ノ世ナリ。準備ノ時ナリ。モシ真ニ偉人アツテ明治ノ英雄ト云ハルベキ者アラバ是カラ出ヅベキナリ。之ヲ知ラズシテ四十年ヲ維新ノ業ヲ大成シタル時日ト考ヘテ吾コソ功臣ナリ模範ナリ抔《など》云ハヾ馬鹿ト自惚ト狂気トヲカネタル病人ナリ。四十年ノ今日迄ニ模範トナルベキ者ハ一人モナシ。吾人ハ汝等ヲ模範トスル様ナケチナ人間ニアラズ

いわば漱石は、望遠鏡を逆さに覗くことと、映画フィルムを速送りすることを試みたわけだ。すると、明治の元老はノミになり、明治の四〇年は一瞬となる。同じ伝で将来を見通せば、四〇年後がたちどころに漱石の眼前に現れる。

政治を、明治寡頭制のように勢力と勢力の対抗に委ねず、ある方向にしか進まないようにしてしまえば、途中での変革がないから、一方向へと猪突猛進するばかりで、決着が速やかに、端的についてしまい、意外に早く結末の「亡びるね」になってしまう。

このような歴史の捉え方は、漱石が芸術至上主義者ではなかったための賜物だ。人と人の関わり、道徳と道徳の関わり、それらの集約が社会であり、経済であり、政治であり、ひいては時代精神になり、そのような集団意識が文学の内容だと、詳しく『文学論』の冒頭で説かれていた。それを適切に応用したひとつが『坊っちゃん』だったから、一国の将来すらも予想させ

たのは当然といえば当然だった。

亡国へ向かわせた日本近代史におけるもっとも決定的な契機が、日本でもっとも味読されてきた小説に凝縮されていたのだ。このことは日本文学史において特記されるべきだろう。

「亡びるね」の三つの要件のそれぞれは、記号、登場人物の行動、政治事件との三つに対応し、物語の展開を通じてつぎのように具体的に結びつけられていた。その結果、読者は、狸・野だ・赤シャツは山縣・桂・西園寺だと想像することができた。

第一の要件の「買収」だが、記号として、明治寡頭制の歴代内閣を代表する赤シャツ、登場人物の行動として、自派に引き込むための赤シャツによる坊っちゃんにたいする増給（買収）の示唆が対応する。そして政治事件としては、議員の買収は日常的でありすぎて例を絞れないが、もっとも激しかったのは、第二次山縣内閣のもとで行われた第七回衆議院選挙（明治三五年八月）だった。当時の漱石は金額までは知らなかっただろうが、『原敬日記』によれば、山縣は総計九八万円を宮内省から引き出し買収に使った。

第二の要件の「汚職暴露による失墜」では、記号は同様に赤シャツと想定された。登場人物として坊っちゃんが、また行動として、赤シャツに嵌められて学生間の乱闘に巻き込まれ、新聞に書き立てられ、辞表を出すに至る経過が該当する。そして代表的な政治事件としては、立憲政友会に参加し、初の政党内閣と喧伝された第四次伊藤博文内閣(明治三三年一〇月一九日成立)で逓信相に採り立てられた星亨、彼の在任二カ月での辞任が挙げられる。東京市会汚職事件を新聞で叩かれ暗殺されたが、汚職嫌疑の情報を新聞に流した陣営の背後には、政党を嫌悪し徹底的に排除した山縣がいたのは公知の事実だった。

第三の要件の「政敵の棚上げ」については、記号として同じく暗躍する赤シャツ、登場人物の行動として九州へ追いやられる英語教師のうらなり、そして政治事件として、明治三六(一九〇三)年七月一三日の伊藤博文の枢密院議長就任が該当する。これは天皇の御意だとして伊藤に立憲政友会総裁をやめさせることで、政党の力をそごうとした山縣たちの謀略だった。

今になって思い当たるのだが、伊藤を棚上げする二カ月半前の四月二一日に無隣庵で、伊藤を交えて、山縣と彼に追随する桂と小村寿太郎(外相)が対露方針を協議した。このときの伊藤の外交優先の態度から、対露強硬論者の山縣が伊藤の排除を策謀しはじめたとも考えられる。

物語の後段で、狸=山縣の登場は少ないが、黒幕だからだ。しかしその権勢が普遍的存在だったことの隠喩として、うらなり送別の宴会場の描写において、漱石はつぎのように記号としての〈松〉を書き添えるのを忘れなかった。

五十畳だけに床《とこ》は素敵に大きい。おれが山城屋で占領した十五畳敷の床とは比較にならない。尺を取って見たら二間あった。右の方に、赤い模様のある瀬戸物の瓶を据えて、その中に松の大きな枝が挿してある。松の枝を挿して何にする気か知らないが、何カ月立っても散る気遣がないから、銭が懸《かか》らなくって、よかろう。

三つの要件に当たる政治事件は、いずれも特段の詮索なしで、概要は新聞を通じて誰にでも知ることができた。狸と赤シャツと野だとを介して、山縣と西園寺と桂とに結びつければ、『坊っちゃん』の本来の主題が、明治寡頭制にたいする真正面からの政治諷刺にあったことは明らかになるはずだった。

政府中枢の内幕と地方の中学校での人事抗争とを接続させ、漱石はそれらを共に迫真的に戯画化することによって、全国、津々浦々、上から下まで、あらゆる組織に野蛮な反法治的体制が弥漫《びまん》する状況（無法のフラクタル構造）を、演繹的に論証できたのだった。

それらを別々に描いたのでは、達成できなかっただろう。一石三鳥の成果と言える。勧善懲悪としてであっても、繰り返し読むうちに、脳裡に政治諷刺が滲み出してくるように書かれている。冒頭で紹介した大岡昇平の読み方から、そうした効果が読みとれる。

だが、立憲政治が何であるかの追究が遅れていた当時にあっては、残念ながら三つの要件の非道徳性の重大さが直覚されそうになかった。

そこで漱石は第四の要件として、明白な二重道徳だと誰にも非難できる、元老たちの蓄妾という事実で追撃した。政治での反道徳と男女関係での反道徳とは相互に通じると、漱石はきわめて批判的に捉えていたからだ。

物語としてこの点は、赤シャツがうらなりの婚約者、マドンナを誘惑し、裏で芸者と同宿するといった女性にたいする蔑視と差別――その根は明治寡頭制の元老たちの一般国民にたいする政治的差別と同じであることが強調されねばならないが――そしてそれに同調する野だの言動として描かれる。

それにたいし「正義は許さんぞ」と、山嵐と坊っちゃんが鉄拳制裁を加える。坊っちゃんは、袂にあった卵を野だの顔にぶつける。この場面(F)で読者は、随伴する怒りと可笑《おか》しさがまじった強烈な情緒(f)に見舞われる。

野だの替え玉の桂、桂の替え玉の山縣、そして赤シャツの替え玉の西園寺の顔に、卵はぶつけられたことになり、勧善懲悪そして政治諷刺の小説として大団円を迎える。

抗議のため卵を投げることを、英語では「エッギング(Egging)」と言う。出所は漱石が愛読したジョージ・エリオット（一八一九〜八〇）の長編小説『ミドルマーチ』（一八七二年、東北大学「漱石文庫」所蔵）、その第五一章に違いない。

選挙に立候補して街頭で演説するブルック氏にたいして、政敵の支持者たちがまずブルック氏を摸した等身大の人形の顔に卵をぶつけ、ひるんだのを見計らって、当人に向かって卵を投げつける。

諷刺対象と諷刺行為を分離した形をとり、様子を見るというわけだ。漱石が創案した構成、発禁をかわすための真の諷刺対象の分離というか二本立ては、『ミドルマーチ』のエッギングから着想したのかもしれない。

だが、きわめて残念なことに、『坊っちゃん』を発表して半年が過ぎても、漱石が期待しただろう三重の深い読み方——勧善懲悪譚・政治諷刺小説・『ハムレット』のパロディの重なりとして読むこと——は、門下生の間ですらも始まる気配がなかった。

明治三九（一九〇六）年一一月一一日付で高浜虚子にたいし漱石は、「……僕は十年計画（ロンドンでの構想、後述）で敵を斃《たお》す積りだつたが近来是程《これほど》短気な事はないと思つて百年計画にあらためました。百年計画なら大丈夫誰が出て来ても負けません」と書き送った。

また一週間後の一一月一七日付で松根東洋城にたいして、「……ともかくも僕は百年計画だから構はない。近頃大分漱石先生の悪口が見える。甚だ愉快である。わるく云ふ奴があれば直に降参させる丈《だけ》の事である」と、前文と同じ心境を伝えた。

それから現在までに百年が経ったが、依然として漱石が期待しただろう読み方が始まったとは、漱石にはまことに申し訳ないが、報告することができない。多くは浅い、のっぺらぼうな読み方に終始し、深い読み方に至らない。

それはなぜだろうか。大いに反省しなければならない。時代背景が風化したためだろうか。物質的背景は変わったが、精神的背景はまったく変わっていない。

今や明治寡頭制の非立憲主義の再来と拡がりが憂慮されるというのに、逆に政治的にも文学的にも批判する側の枠組みは狭まる一方で、進行性視野狭窄に侵され、対抗する勢力が高まらない。

『坊っちゃん』を諷刺小説として読めというのが、漱石の遺言に他ならない。それは実に政治的な遺言なのだ。

第二章　明治の知の連環

七五点と八五点の答案

「栴檀《せんだん》は双葉より芳《かんば》し」が、漱石に当てはまるかどうか。「芳し」かったとは言い切れない。だが確かに「双葉」は芽生えていた。

教育勅語が発布される直前、明治政府の文教政策が怪しくなってきた明治二三(一八九〇)年九月に、漱石は帝国大学文科大学英文科へ入学した。転校や落第で遅れ、すでに二三歳になっていたが、年齢の割には世慣れていなかった。生真面目すぎた。

文科大学で必須科目の「哲学入門」を受講するが、翌年四月の学年末試験の結果は七五点で、特待生の扱いを取り消される恐れがあった。二年目の三月の試験では、級友たちとの対策が功を奏して八五点を獲得し、どうにか面目を保つことができた。

お雇い外人教師のルードヴィッヒ・ブッセ(一八六二〜一九〇七)がドイツ語でなく英語で講義し、学生は英語で答案を書いた。そのときの答案が、漱石の死後に書斎の戸棚から、英語、独語、数学、物理などの答案といっしょに発見された。

現在は東北大学の「漱石文庫」に所蔵され、ネットに画像として公開されている。鉛筆の跡がかすれ、読みにくい個所が少なくないが、筆圧が大きく、内容に自信があった部分は、充分に読みとることができる（ここでは、筆者の訳でごく一部を紹介する）。

最初に、漱石の名誉のため、答案で優れている点を挙げておくと、それは記述が構造化されていることだ。大見出しはアラビア数字のもとに、また小見出しはアルファベットのもとに整然と書き分けられ、ツリー構造によって、答案の論旨が一望のもとに把握できる。講師の指導によるのかもしれないが、それに従う論理構成力を備えていたのは確かだ。

だが、皮肉なことに、せっかくの構造化も、かえって煮詰まっていない点を際立たせ、減点の対象を目立ちやすくした。

一年目の出題は、答案から推定すると、「哲学の体系について論ぜよ」だったらしい。

答案では、大見出しとして、⑴実在の三要素、⑵それら相互の関係、⑶世界を構成する事物に関する概念、⑷意識の一体性、⑸功利主義の論理などが並ぶ。

⑶において漱石は、「物体AとBはスピリチュアル（霊的・精神的）でなければならないから、接触不可能で、それぞれから力を流出させることができないから、遠くへ届く力（遠隔作用）を及ぼすことができない」などと、わけがわからないことを書いた。

それでは自然の実態と合わないと、漱石は対抗説を展開するつもりだったのかもしれないが、充分に意をつくすことができなかった。

これにたいし赤インキで傍線が引かれ、「これはアフェクション（外部作用）に属さないことに注意せよ」と読めるコメントが加えられている。このコメントが妥当かどうかも問題ありだが、とにかくこの一個所で二五点をマイナスされた。

それにたいして注目すべきは(4)で、つぎのように論じている。

「意識の一体性をわれわれが認めなければ、われわれがわれわれにたいし現れることは、まったく説明不可能である。一体の存在として、あるいは複数の存在として、われわれがわれわれにたいし現れる、いや現れ得る事実こそは、意識の一体性そのものの意味である。われわれは他者の感覚（センセーション）については、主体を持たないものとして、あるいは同一の主体を持たないものとして、語ることができる。しかし、われわれは自身の感覚については、誰かに抱かれないものとして、あるいは別のときに別の人によって抱かれないものとして、語ることができない。われわれにとって、そうした感覚などは、ひとつの自我に常に属するものとして、現れねばならない。即ちこれが意識の一体性とわれわれが呼ぶものに他ならない」

あまり明晰ではないが、懸命になって意識を取り上げていたことは、やがて展開される『文学論』や、自我をテーマとする四つの小説へとつながっていくわけで、注目すべきだろう。講師のブッセが属するロッツェ派では、ヘーゲルを受け継いで、意識において客体（外界）と主体（自身）は、一体として併存すると主張していた。漱石はその学説に従ったわけだ。

翌年三月一八日に、漱石は二年生として哲学史の試験を受けたが、前年のような、あやふやなことを書く過ちは繰り返さなかった。

出題は「ギリシア哲学について論ぜよ」だったと推定される。漱石の答案は、つぎのように構成されていた。

⑴ソクラテスとソフィストの体系、⑵プラトンの二元論（形相と質料）、⑶プラトンの道徳観（道徳的完成が人間の目的）、⑷アリストテレスの国家観、⑸ストア派の哲学の概要、⑹プラトニズム哲学の概要。

なかなか要領がよくなっていた。プラトンの道徳論からアリストテレスの政治学へとつなげ、アリストテレスの膨大な霊魂論などの体系の説明で、足を取られるのを避けたのは賢明だった。赤インキのコメントなしで、八五点を獲得した。

なおストア派について漱石は、ローマ時代のエピクテートスに的をしぼって、つぎのように的確に答えている。

「あらゆる事物は力、即ち運命によって統御されるから、災難を避けようとするのは愚劣である。われわれはそれを平静に受け入れねばならない。これがストア派の道徳性の受動的な側面である。積極的な側面として、われわれは地上的な快楽をつつしみ、人間の高貴な機能であり純粋に知的である理性に従わねばならない」

『吾輩は猫である』の主人公の苦沙弥先生は、エピクテートスの書を読みかけては投げ出す。また晩年の漱石は、ストア派の生活態度とも近い道徳的信条を抱いていた。そこへと至る彼の哲学遍歴は、こうして文科大学で受けた哲学の講義から始まった。

蓄音器と化した学生たち

漱石と学部時代の哲学担当講師のブッセとは五歳、大学院時代の英文学担当講師のオーガスタス・ウッド(一八五七～一九一二)とは一〇歳しか違わなかった。彼らのほうがいくらか年長だったが、生意気盛りの漱石たちには青二才に見え、半ば馬鹿にされていた。

一年生の漱石は哲学の最初の試験の前日、正岡子規への手紙で、「団十郎の仮色《こわいろ》おつと陳腐漢の囈語《ねごと》を吐き出さんとす蓄音器となる事今が始めてにあらず」と書き送っていた。漱石は自分を、似ていたからか、歌舞伎役者の市川団十郎に擬し、間投詞の「おっと」をドイツ人名のオット、つまり、ブッセにひっかけ、わけがわからないが彼が言った通りに答案を書くつもりだと、半ばふざけ、半ば侮蔑してみせた。教師の前では示さなかっただろうが、学生たちのいつわらざる評価は、この通りだっただろう。

テキストないし参考書として何が使われたか。この点について漱石は何も語っていない。実はブッセが書いた講義録(虎の巻)が存在した。筆者が調べたかぎりでは、論理学、倫理学、美学、哲学史、哲学入門の五種類が、私家版(活版印刷)の形で発行されていた。漱石が「蓄音器」と韜晦《とうかい》するのは当然だった。東北大学の「漱石文庫」に残るペン書きの漱石のメモは、ブッセの「哲学入門」(つぎの「哲学史」とともに早稲田大学図書館所蔵)そのものの要約だった。

また同じく「漱石文庫」所蔵の「著者不明の西洋哲学史の断片」は、ブッセの「哲学史」そのものの一四五ページから一七六ページまでを切り取ったものに他ならないと同定される。後日この部分だけは参考になると思って、切り取り保存したのだろう。漱石も虎の巻を配布されたか、買ったわけだ。

こんな調子だから、ブッセも居心地がよくなかったらしく、明治二五(一八九二)年の一一月にはドイツへ帰った。それを待っていたかのように、漱石の親しい学友だった米山保三郎(一八六九〜九七)が、翌月の「哲学雑誌」で、忌憚なくつぎのように報じた。

「……氏ハ唯霊論者ニシテ、何事ヲ説明スルニモ皆コノ起点ヨリ論下セラレルガ故ニ余輩ヲシテ偏固窮屈ノ感ヲ起サシメタリ。又氏ハ自ラ講義ノ要領ヲ書シテ之ヲ余輩ニ与へ、以テ復習セシメラレタルモ、間首尾貫徹セザルトコロアリ。又他書ヨリココカシコ引キ来タリ以テ補綴章ヲ為シ、為ニ了解ニ苦ム箇所ナキニ非リキ。氏ハマタ稍精確ヲ欠ケリ」

講師の研鑽不足も否めなかっただろうが、外人講師と英語なりドイツ語で質疑する能力が学生に欠けていたから、学生は講師の蓄音器になるしかなかった。

では、漱石が専攻した英文学ではどうだったか。似たり寄ったりだった。二年生まではジェイムス・メーン・ディクソンから講義を受けたが、その中身は漱石の期待に応えるものではなかった。後年つぎのように述懐している（講演「私の個人主義」大正三年一一月二五日）。

「先生の前で詩を読ませられたり文章を読ませられたり、作文を作って、冠詞が落ちているといって叱られたり、発音が間違っていると怒られたりしました。試験にはウォーヅウォースは何年に生れて何年に死んだとか、シェクスピヤのフォリオは幾通りあるかとか、あるいはスコットの書いた作物を年代順に並べて見ろとかいう問題ばかり出たのです。年の若いあなた方にもほぼ想像が出来るでしょう、果してこれが英文学かどうだかという事が。英文学はしばらく措いて第一文学とはどういうものだか、これでは到底解るはずがありません。それなら自力でそれを窮め得るかというと、まあ盲目の垣覗きといったようなもので、図書館に入って、何処をどううろついても手掛がないのです。これは自力の足りないばかりでなくその道に関した書物も乏しかったのだろうと思います。とにかく三年勉強して、遂に文学は解らずじまいだったのです。私の煩悶は第一此所に根ざしていたと申し上げても差支ないでしょう」

孤立無援のもとで、作品の熟読と思索によって、独自の文学研究法を編み出すしかなかった。

その際に助けになったのが、ニュージーランド出身のＨ・Ｍ・ポスネットの『コムパラティヴ・リテラチャー（比較文学）』（一八八六年）だ。現在は東北大学の「漱石文庫」に所蔵されるが、文学を論じたもので、漱石が学部一年生の五月に買った、最初の英書と思われる。

入手目的は、書き込みの下線から推察される。第一に、何通りもの「文学の定義」が与えられていたために違いない。第二に、日本について三カ所で触れられていたからかもしれない。ポスネットは、「比較文学」と銘打って、文芸と社会の共進化の経過を、時代間の比較によって導き出そうとしていた。

この視座は、漱石によほど強く訴えたようで、それを論じた個所に彼がつけた下線は、本文三九二ページのうち一八ページに及ぶ。

文芸の進化は、大胆に「氏族文学」「都市共同体文学」「世界文学と各国文学」の三段階に区分された。第三段階に関する部分では四つの下線、そして想像における個人と集団の関係では三つの下線を数える。

とくに最後の三つの下線部分は、その後の『文学論』の核心、「意識と感情」（Ｆ＋ｆ）へとつながっていったと推定して差し支えない。

『文学論』の執筆に際して、本書までもどって検討された形跡は認められないが、漱石の意識の底にあったのは否定できないだろう。事実、本書の五六ページでは、「パーソナル・カンシャスネス(個人の意識)」に下線が引かれている。

学部三年生になると、新しく着任したオーガスタス・ウッドから、アメリカの修辞学教科書を下敷きにした講義を受けた。

実は彼はアメリカにおける「比較文学」の草分けで、ドイツへ留学し、ハイデルベルク大学から「ドイツ文学に与えたフィールディングの影響」で博士号を与えられていた、イギリス一八世紀小説の専門家だった。彼の博士論文を読むと、ローレンス・スターンの『紳士トリストラム・シャンディの生涯と意見』の破天荒な「脱線」ぶりが、ドイツ文学に与えた悪い影響なども論じられていたのがわかる。

漱石も関心を抱いていた分野だから、大いに語り合うべきだった。だが、その形跡はまったく認められない。漱石はお年玉として一八世紀英文学を論じた英書をウッドからもらったぐらいだから、折り合いが悪かったわけではなかった。

だが、漱石が東西の文学観の差異をウッドに訴えたとしても、ウッドは答えられなかっただろう。それよりも前に、世界の東の果ての国の青年が、そこまで文学の根本について考えつめているとは、ついぞ思いもしなかっただろう。

学生と外人講師との間柄がこうだったがために、講師を通じて何を研究すべきかの見当を得て留学し、外国語が自由に話せるようになって、はじめて中身の研究で世界に伍していけるようになれたのだ(話せる程度に応じてしか速読できず、速読できる程度に応じてしか外国語で内容について思考できない)。もちろん当時はそうだったし、実は現在も事情は変わらない。ただし理系では、話せなくても数式や実験結果を介して、コミュニケーションが成立する。それが不可能な社会科学や人文科学では、よほど留学先の言語で闊達にならないと手も足も出ない。依然としてこれが日本の学術の水準の向上を妨げている。その壁を漱石は突破したのだ。

狩野亨吉を囲む哲学勉強会

明治二三(一八九〇)年、漱石が文科大学へ入学した年だが、新学年が始まる九月に「紀元会」という文科大学の学生を会員とする親睦会が結成され、漱石も子規も入会した。

親睦と言いながら、実は科目で難物と目された哲学の受験対策が主目的だったと思われる。二年目の漱石のそつがない答案は、この集まりで揉まれた成果に違いない。

翌二四年の六月六日に撮られたメンバーの写真が残っている。無事に哲学の試験が終わったのを祝って、撮影のあと、会食でもしたのではなかろうか。

前列中央が狩野亨吉《かのうこうきち》（一八六五〜一九四二）と見られる。その右わきに漱石が座っている。狩野から目をかけられていたか、中心的メンバーとして遇されていたか、恐らく両方のためと思われる。メンバーの氏名と学科はつぎの通りだった。

三年生　狩野亨吉（哲学）　大塚保治（哲学）　藤代禎輔（独文）　菅虎雄（独文）
二年生　立花銑三郎（哲学）　芳賀矢一（国文）
一年生　夏目金之助（英文）　米山保三郎（哲学）　松本文三（哲学）　松本亦太郎（哲学）
　　　　正岡子規（哲学）　坂巻善辰（哲学）　菊池謙二郎（国文）　斎藤阿具（史学）

漱石ともっとも親しかったのは子規だ。彼との仲についてはよく知られているので、この際は割愛しよう。同学年でつぎに大きな影響を受けたのは米山からだった。漱石の志望を建築から英文学へ変えさせたのは彼だった。『吾輩は猫である』では天然居士として登場する。三年生の狩野が会長、同じく三年生の菅が副会長の役を果たした。大学院生で夭折した米山の菩提を弔ったりする際には、狩野の指示を受けて、菅と漱石が動いた。漱石を松山の中学校から熊本の第五高等学校へ招いたのは、面倒見がよい菅だった。彼は明治四〇(一九〇七)年に第一高等学校へ移って、昭和一五(一九四〇)年までドイツ語を教え続け、学生から慕われた。教え子の芥川龍之介から『羅生門』の題字の揮毫をたのまれる能筆家でもあった。彼は鎌倉に居住し、漱石の円覚寺参禅を仲介し、漱石一家の避暑のため、鎌倉の貸別荘を斡旋したりした。

漱石を東大英文科の講師につけたのは、初代の美学教授となった大塚保治(一八六八～一九三一)だった。菅と大塚に漱石の面倒を見てやれと指図したのは、もちろん狩野以外にはいない。

狩野と漱石の年齢差はわずか二年だったが、狩野は順調に進学し、理科大学数学科を卒業してから、文科大学哲学科へ入ってきたので、リーダーとして推戴されたのだろう。

狩野は明治二五(一八九二)年から金沢の第四高等学校で、また同二九年から漱石の招きで熊本の第五高等学校で、倫理学を教えた。三一年から東京の第一高等学校の校長、三九年から新設の京都帝国大学文科大学学長となり、歴史の教授として内藤湖南を採用し、漱石を英文学の教授に迎えようとした。それを漱石はことわって、東京朝日新聞へ入社した。

一高に在任中の明治三二(一八九九)年に狩野は、江戸時代の思想家の安藤昌益の著書『自然真営道』を発掘したので有名だが、父が熱烈な平和論者で、父の著述(狩野良知重「宇内平和策」明治三一年九月)を英訳して広め、亨吉自身も熱烈な平和論者だった。

京大は二年を待たずに退職した。人事で文部省と衝突したからと言われる。以後はいっさい宮づかえせず、東京へもどって、大塚の谷間の陋屋《ろうおく》で、書画や刀剣の鑑定を生活の資として、結婚せず姉と暮らした。

漱石の一生を決定づけた最重要人物は、妻の鏡子を別にすれば、間違いなく狩野だった。それを物語るのが、朝日新聞への入社が決まったあと、大阪本社を表敬訪問する直前に、漱石がまだ京都にいた狩野を訪れていることだ。

漱石が狩野をどれほど尊敬していたか、狩野に会う五日前の明治四〇(一九〇七)年三月二三日付の野上豊一郎への手紙で、つぎのように書いていた。

「京都には狩野といふ友人有之《これあり》候。あれは学長なれども学長や教授や博士抔よりも種類の違ふたエライ人に候。あの人に逢ふために候」

狩野は漱石にとってまさにメントル(『オデッセー』に出てくる教師、助言者)だった。何を語りあったのか、両者ともに洩らさなかった。推定するしかない。

文学が主題でなかったのは確かだ。狩野は小説などにはほとんど関心がなかった。では、漱いない。

石の身の振り方だったのだろうか。それについては、すでに賽は投げられていた。これから日本はどうなるか、それ故に何を世に問うべきか、という畢生《ひっせい》の大問題だったに違いない。

その点は、漱石の京都行きの五カ月前、明治三九(一九〇六)年一〇月二三日付の狩野宛ての手紙で、あらかじめつぎのように明確に表明されていた。

「僕は世の中を一大修羅場と心得てゐる。さうして其内に立つて花々しく打死をするか敵を降参させるかどつちにかして見たいと思つてゐる。敵といふのは僕の主義僕の主張、僕の趣味から見て世の為めにならんものを云ふのである。世の中は僕一人の手でどうもなり様はない。ないからして僕は打死をする覚悟である。打死をしても自分が天分を尽くして死んだといふ慰藉があればそれで結構である。実を云ふと僕は自分で自分がどの位の事が出来て、どの位な事に堪へるのか見当がつかない。只尤《もっと》も烈しい世の中に立つて(自分の為め、家族の為めは暫らく措く)どの位人が自分の感化をうけて、どの位自分が社会的分子となつて未来の青年の肉や血となつて生存し得るかをためして見たい」

すでに京都行きの前年に漱石は『坊っちゃん』を発表していたし、狩野は当局と渡り合っていた最中だったから、敵とは誰だったかは自ずから明らかだった。「未来の青年の肉や血となつて」だから、何を書くべきか、漱石は決意表明したのだ。

ちなみに狩野は漱石の作品にいかにも興味がなかったかのように、思い出などのなかでとぼけているが、『坊っちゃん』にたいする社会の反応、とくに辛辣な体制批判にたいする海外の受け取り方には、重大な関心を抱いていた。その証拠に、東北大学の「狩野文庫」には、『坊っちゃん』の英訳本 (Natsume Kin-nosuke, Botchan, tr. by Yasotaro Mori, Seibundo, 1924) が残されている。

狩野や大塚や菅や漱石は、終生変わらぬ堅い絆で結ばれた精神的同志だった。

ヘーゲルの「正・反・合」で切磋琢磨

ヘーゲルの弁証法について、実は今も本当のところがしっくりと会得されているわけではない。ヘーゲル没後そろそろ二世紀が経つのに、依然として世界中がそうなのだ。

それにたいし漱石が、小説という具体例によって理解しやすくしたのだ。そのことが漱石の文学の核心に深く関わっているので、漱石の思索が始まった頃の周囲の弁証法にたいする理解がどのようだったかを確認しておこう。

ブッセは「哲学史」の冒頭(四ページ)でつぎのように解説する。

「(概念の)発展の弁証法の原理、即ちセシス(テーゼ)、アンチセシス(アンチテーゼ)、シンセシス(ジンテーゼ)の三項から成る体系」

これら三項はヘーゲル自身によるものではなく、一八三七年に措述者のハインリッヒ・ハリポイスが、言いやすいように案出した置き換えにすぎなかった。それをブッセは紹介したわけで、米山がブッセの講義録を切り貼りと評した理由は、このあたりにもあったのだろう。

ヘーゲル自身の著作、『論理学』では、概念の展開は「ザイン(存在)」「ニヒツ(無)」「ヴェルデン(生成)」の三段階をたどると規定されていた。

それを補足して「アンジッヒ(それ自体)」「フユア・ジッヒ(それ自体に代わって)」「アン・ウント・フユア・ジッヒ(前二者の複合)」などと説明されていた。

だが、いかにして移行が進行するかの過程の詳細、そして移行が生ずる原因などについては、ヘーゲル自身は扱いもせず、問いただしもしなかった。ヘーゲル以前は、カントにおいても存在や概念はむしろ不変だった。それがヘーゲルによって変化すると改められただけで大進歩と受け取られ、細かいことは不問に付されたわけだ。

古くは『哲学字彙』(明治一四年)で、Dialecticは「敏弁法」、Thesisは「題目」、Antithesisは「対句」、Synthesisは「総合法」と訳された。

明治二四(一八九一)年の中島力造の「ヘーゲル氏弁証法」では、「実在、無在、無在の拒否(拒否の拒否)」が当てられた。

最初に「正・反・合」と訳されたのは、明治二五年で、アーネスト・フェノロサから哲学を教えられた清沢満之によるとされる。

漱石の周辺では、米山が漱石の「老子の哲学」を批評した「ヘーゲルノ弁証法ト東洋哲学」(明治二五年一一月)で「有・無・転化」が用いられ、まだ中島の用語とほぼ同じで、すぐには「正・反・合」は普及しなかったようだ。

米山の理解も、つぎのように漠然としていた。

「今一言以テ之ヲ掩《オオ》ヘハ即チ有、無、及ひ《ママ》転化、此三ノモノ一ニシテ三、三ニシテ一、其一ヨリシテ他ニ転化シ去ルヤ、同発倶起ノモノナリト云フニアリ」

「同発倶起」は「同じく発し倶《とも》に起こる」とでも読み下したのだろうか。三つでありながら一つでは、わかったようで、結局わからない。

批評された漱石の論文は、明治二五(一八九二)年六月に書かれた「老子の哲学」で、ヘーゲルの名が漱石によって最初に引用されたのは、ここだった。米山は、漱石が老子と弁証法の異質性を強調したのにたいして、東洋の論法との類似性を尊重すべきだと批判したつもりだが、両者の理解はドングリの背くらべだった。

狩野はきわめて寡筆だが、たまたまヘーゲルについて、つぎのように言及している。ただし発表の時期は、はるかに遅れる(「歴史の概念」昭和一五年三月)。

「古今の哲人が巨視的にも微視的にも考察を廻し、到達し得た一致の結論を要約すると、宇宙の隅から隅まで瀰漫《びまん》する事実網の一々の事実は、大となく小となく密接に相関連して脈動し、二六時中静止することなく、刻々に変化を生起し、其結果事実網は新なる状態に移行する。……洞察すれば左様に簡単に片附くのであるが、ヘーゲルは弁証法と名ける論理の方式を案出し、縦横に振翳して切りまくつた結果は、矢張同しところに帰着した。これも一種の微視観であるが、事物の一応の解釈を附ける力ありとするも、科学の微視観と違ひ、真相を尽し、予言を適中せしめる如き能力を発揮し得ないものである。故に信じ過ぎると易者の群に堕する」

いかにも文理兼帯の哲学者らしい割り切り方だ。しかし「事実網の脈動と新状態への移行」という微視的説明は、その後に漱石が獲得した理解に非常に近い。

明治の知の連環

前掲の紀元会の顔ぶれと専攻からして、範囲は文科大学の哲学・歴史・文学に限られていた。最初は共通科目の哲学の受験対策が目的だったかもしれないが、親睦を通じて、メンバーそれぞれの分野を、哲学の助けを借りて、基礎から見直す活動組織へと脱皮していったと見ることができる。

脱皮とともに、親睦だけにしておきたいと思うメンバーは脱落した。狩野を別格として、正岡子規、大塚保治、夏目漱石の三人が残ったことになる。

そのうちのひとりの漱石が、さらにどのように脱皮を重ねていくか、そこに的をしぼっているわけだが、本題に進む前に、紀元会のメンバーが置かれていた状況を、つまり、明治二〇年代から三〇年代の知の状況を概観しておこう。

西周の「百学連環」(明治三〜六年)では、諸学のそれぞれがひとつの環で、環と環は、環をつらぬく糸によって連環を成しており(真珠の首飾りを想起しても可)、暗黙裡にその糸は人間(精神)に他ならないと、西欧の学術の正統に則った立場が主張された。

このような諸学の位置づけのなかで、哲学はひとつの環(個別の学)だったが、諸学の成り立ちの究明をめざしてきたため、ともすれば学の基礎の学、学の学と見る風潮が生じやすかった。

そこへお雇い外人教師のフェノロサが、ヘーゲル哲学(底本は『小論理学』)を吹き込んだ。その結果が明治二〇年代の後半の弁証法ブームとして吹きまくった。この嵐のなかに漱石や大塚は立たされていた(米山や子規は早いうちに倒れた)。

その結果、漱石や大塚は、連環をつなげる糸の〈人間〉を、精神を介して、弁証法に基づく〈進歩(文明開化)〉に、いわば置き換えて究明するに至ったのだ。

ただし、それは長くは続かなかった。明治二〇年代半ばから、ひとつにはヘーゲル哲学に代わって新カント派の哲学が輸入されたこと、それに加えて大正時代に入ってからの高等学校における哲学教育の規制、つまり、修身(倫理)と論理(認識論)の分断によって、社会主義への強い警戒も背景にあって、弁証法的思考は抑制されたこと、大きく言ってこの二つの動きによって、間もなく漱石的な知は疎外されていった。

そうした状況のなかで、明治の知の連環を基に、より正確に言えば明治二〇年代と三〇年代の知の連環を基に、漱石は、片や時代の社会を、片や時代の精神を、そしてその間に作用していた自我（利己と利他）を、究明する小説を書いていったことになる。

そのモデルのひとつとなったのが、紀元会だった。モデルといっても、個々のメンバーが人物として下敷きにされ、写されたのではない。彼らに代表される「人間が置かれた状況」、即ち「明治の知の連環」がモデルになったのだ。順不同だが、遊民、自我、競争、利己と利他、それらすべてを含めた時代精神がテーマとして選ばれた。

その点で自然主義文学（日本独特な形態として私小説）とは一線を画していた。だが、反自然主義とは言え、絵空事ではなかった。リアリズムらしいリアリズムだったのだ。

第三章　ロンドンでの構想

あっと言う間の二年

文部省の局長から「語学研鑽でなく文学研究も可とする」一札をとって、漱石は、世紀の変わり目、一九〇〇（明治三三）年の一〇月の末にロンドンに到着した。そしてロンドンを離れたのが明治三五年の一二月の初めだった。ほぼ二年間、二四カ月の滞英は、三期に分けられる。

第一期は明治三四年の八月末まで、イギリス社会の現実にふれ、短期間だったが同宿した化学者の池田菊苗（一八六四〜一九三六）に刺激され、「幽霊の様な文学をやめて、もつと組織だつたどつしりした研究をやらうと思ひ始めた」（「時機が来てゐたんだ――処女作追懐談」「文章世界」明治四一年九月）。

第二期は帰国する菊苗と別れてから明治三五年の三月中旬まで、岳父に帰国後に一書を書く構想を伝えるまでだ。

買い込む本の分野が自然科学、そして社会学、さらに心理学へと、がらりと変わった。

ひたすら文学と社会の関係を追究し、研究ノートをつくり、文学が社会にたいして果たす役割について思索した。

そのため英文学そのものからはやや遠ざかった。だが、この八カ月において、その後の漱石の研究と創作が方向づけられた。生涯を通じてもっともクリティカルな、つまり、どうなるかもしれない日々だった。

第三期は残りの八カ月で、勉強が過ぎて、神経衰弱で苦しんだ。それでも研究ノートの作成を続け、どちらかと言えば、文学を心理学から解明するのに努めた。

ひとつのことに「石の上にも三年」と言われるが、漱石は、三年でなく、それぞれ八カ月で、俗に言われる期間の三分の一以下で、つまり三倍以上の速度で、社会の現実、文学の社会的役割、文学の心理学的解明という三つの大きな課題に取り組み、答を出した。

彼はそのときの苦しさを思い出して「不愉快」だったと訴える。だが、中身からすれば、きわめて実りの多い、あっと言う間の二年間だったろう。

五度も下宿を変える

二四カ月の間に五軒の下宿を渡り歩いた。落ち着かないこと、おびただしい。なぜか。勉強できる条件を保ちながら下宿代を節約して、本を買って帰るためだった。

図書館を利用しなかったのは、資料として手もとに置きたかっただけでなく、漱石には、本に書き込みをする癖があったからだ（お蔭で彼の読み方が推理できる）。

彼の留学費と使途の内訳（月当たり平均）は、およそつぎのようだったと推定される（出口保夫『漱石と不愉快なロンドン』二〇〇六年）。

留学費	一五〇円（年一八〇〇円）
下宿費	五三円
クレイグ先生月謝	一〇〜一二・五円（第二期以降は書籍代になる）
書籍代	五〇〜六〇円
雑費・観劇代・交通費	二五〜三五円

これでは、オックスフォードとかケンブリッジなどと言って、格好をつけるわけにはいかなかった。年額にして学費と寮費として四〇〇〜五〇〇ポンドも要したからだ。

漱石の留学費はポンドにすると、年一八〇ポンドで、半分にも満たなかった。彼には、ロンドン籠城以外に選択の余地はなかった。留学を命じた文部省はどういうつもりだったのか。まったくひどいものだ。

もっとも考え方によっては、漱石が「オックスブリッジ」に行かなかったのが幸いした。読むべき書物に出会い、思索とノート作りに没頭できたからだ。

下宿の住所、週当たりの支払額、滞在日数はつぎの通りだった。一ポンドは二〇シリングと換算される。

⑴ガワー・ストリート七六　六ポンド　一五日
⑵プライオリティ・ロード八五　二ポンド　二四日
⑶フロッドン・ロード六　一ポンド〇五シリング　一四〇日
⑷ステラ・ロード二　〃　八六日
⑸チェイス八一　一ポンド一五シリング　五〇二日

引っ越しの理由は一目瞭然だろう。五番目は最初の三分の一以下、少しでも安い下宿へと移っていったことがわかる。

なお二番目の下宿は昼飯なしだった。そのため多くの日は、飲み物なしでビスケットをかじって我慢した。漱石によって与えられた日本近代にたいする最高の批評は、彼が昼飯代をビスケットで浮かし、それまでして集められた本、それを読破することによってもたらされたと言っても過言ではない。このことは肝に銘じておくべきだろう。

だが、やはりそれではつらかったのか、二四日で三番目に引っ越した。間もなく下宿の経営者が借財に追われ、半ば夜逃げしたので、いっしょにさらに四番目に移った。どちらも三食つきだったが、環境が大幅に変わった。

下宿代の高低を決めたのは、ロンドンの中心のシティ（金融街）、その西端にあるセント・ポール大聖堂から、五つの下宿までの距離と方角（括弧内）だった。

⑴は二・五キロ（西北西）、⑵は七・五キロ（西北西）、⑶は四・四キロ（南）、⑷は一一・五キロ（南南西）、⑸は六・四キロ（南南西）で、⑴と⑵はテムズ河の北岸、⑶と⑷と⑸はいずれも南岸というように、住宅地としての土地代の高低（自然環境というよりも住民の階級による格差）に、下宿代はぴたりと比例していた。

最後の下宿は、新聞（「デイリー・テレグラフ」）につぎのような三行広告を出し、応募のなかから選ばれた（訳も出口保夫の前掲書）。

「当方日本人、下宿ヲ求ム、タダシ文学趣味ヲ有スルイングランド人家庭ニカギル、閑静ニシテ便ナル、北区、北西区、西南区ナドヲノゾム」

そこで女主人のミス・プリッシーラ・リールと妹のミス・エイラザ・リールにやっと出会うことができた。彼女たちは親からの遺産をもとに下宿屋を経営していた。出身地がチャンネル諸島だったので、フランス語もできた。

というわけで、漱石が下宿を転々としたもうひとつの理由は、教養のある中流婦人の英語が聞けることだった。

本屋と緑地と自転車で旅愁をいやす

漱石は留学費の三分の一あまりを書籍代に充てたぐらいだから、クレイグ先生宅を訪れる日など、機会あるたびに本屋めぐりを楽しんだ。

北岸の中心のチャーリング・クロス街に並ぶ由緒ある書店はもちろんだが、テムズ河南岸の盛り場のひとつ、エレファント・グリーンあたりの、いわば場末の古書店へも足を運んだ。図鑑や解説書などは、どうやら後者のほうで、割安で買い集めたらしい。昼飯代わりのビスケットとともに、彼の倹約ぶりを忘れるわけにはいかない。

結局、漱石は滞英期間の七割弱を五番目のチェイスの下宿で過ごしたが、読書で疲れると、すぐ近くのクラッパム・コモンと呼ばれた緑地を散歩した。池田菊苗といっしょに出かけたこともあった。

コモンという名が示すように、かつては共同放牧場だった。面積は約一平方マイル（正方形とすれば一辺が約一・六キロ）、林が広い草原を囲み、音楽堂が点在していた。よい季節の休日などは、ピクニックでにぎわった（最近は同性愛者が集まるので有名）。

神経衰弱が進行した二年目の秋には、同宿者の勧めで自転車乗りにいそしんだ。交通が比較的少なく、道幅も広いラベンダー・ヒルの大通りや、クラッパム・コモンの広場で練習したらしい。すでに自転車のタイヤはゴム製で、乗り心地は悪くなかった。

美術館を訪れるのは、事実上、客から案内をたのまれたときに限られた。その代わりに解説つきの美術月刊誌「ステュディオ」を、明治三四（一九〇一）年の五月から購読した。ここでも「倹約そして資料」という方針だった。

音楽会に出かけたのは一度だけだが、劇場にはよく通った。古典劇では、シェクスピアの『十二夜』や、シェリダンの『スクール・オブ・スキャンダル』を観ている。他にはパントマイム、宝塚歌劇のような豪華絢爛ショーといった具合で、ヨーロッパの演劇の概況を知るのが目的だったと思われる。

芝居を観るのは勉強のためだと、妻に手紙で言い訳した。観劇代は一回が二円と推定される（出口保夫の前掲書）。

ロンドンは格差社会の縮図

本郷と上野、あるいは神田、その往復が散歩だった漱石には、歩くのは苦でなかった。足の向くままに出歩き、目撃した貧しいロンドン市民の暮らしぶりも、わずかだが、的確に記録している。

「穢ない町を通つたら目暗が「オルガン」ヲ弾て黒イ以太利人が「バイオリン」ヲ鼓シテ居ルト其傍ニ四歳許リノ女ノ子ガ真赤ナ着物ヲ着テ真赤ナ頭巾ヲ蒙ツテ音楽ニ合セテ踊ツテ居タ

公園ニチユーリツプノ咲クノハ奇麗ダ其傍ノロハ台ニ非常ニ汚苦シイ乞食ガ昼寝ヲシテ居ル大変ナ contrast ダ」（「日記」明治三四年三月一四日）

「栗を焼く伊太利人や道の傍」（同一一月三日）

前文は読んでの通りだが、俳句のほうは説明を要する。全英から、アイルランドから、南欧から、そして東欧から、職を求めて人がロンドンに集まるが、仕事にあぶれたものは、路傍で物売りにつくしかなかった。イギリスのみならず、ヨーロッパ全体が、激しい貧富の格差で行き詰まっていた。それを漱石は見抜き、句にしていたことになる。

漱石の下宿選択、そして下宿探しの広告における地区にたいする選好――これらは、彼のいわば経済地理感覚の鋭さを如実に物語っていた。

漱石はまったく知らなかったが、ロンドンのスラムに関する実に詳しい地図つきの調査（第二版）を、一八九七年にチャールズ・ブースがまとめた。今ではロンドン・スクール・オブ・エコノミックスのアーカイヴが提供する画像をインターネット経由で閲覧できるが、裏通り（スラムの原義は「裏通りの部屋」）まで収入に応じて色分けされていて、貧富の格差を一望のもとに俯瞰できる。

それによれば、テムズ河の北岸、シティの東、ドックがあった一帯、いわゆる「イースト・エンド」は、薄い青色に塗られている個所が目立つ。対岸（南岸の「サザック」）も同じように薄い青色だ。

ロンドンの東端の両岸は、小さな工場や、それらを取り巻く労働者と家族のための狭隘な住宅群から成り立っていた。

北岸の西部には宮殿やハイドパークがあり、東端とはまったく対照的だった。他方、南岸の西部は、南岸のスラムのさらに外側の郊外と位置づけられ、中流の住宅地、小資本をもとに経営される下宿街などが広がっていた。

二〇世紀初めのロンドンは、典型的な「スプロール現象」を呈していた。漱石の後期の下宿は、そうした波にのって開発された地域の中心にあったわけだ。市の中心に出るには、テムズ河南岸のスラムの下を地下鉄で抜けていかねばならなかった。

ブースが薄い青色で示した地域の一家の収入は、週当たり一八〜二一シリングだった。こうした調査を根拠にブースは、四七〇万のロンドン市民の三分の一、つまり一五〇万は飢餓すれすれの極貧状態に放置されていると結論づけていた。

年額(ポンド)だが、階級による収入の格差は、つぎのようにきわめて激しかった。

貴族	三〇、〇〇〇

銀行家　一〇、〇〇〇
医師（中流階級の上）　八〇〇〜三〇〇
教員（中流階級の下）　三〇〇〜一五〇
大工（熟練労働者）　一〇〇〜七五
水夫　七五〜四〇
ロンドンのスラム住民　五〇

もちろん漱石がこうした社会調査のデータを知っていたわけではない。彼がふれた実態を、百年後の今、あらためて知るための手がかりの地図であり数値だ。

滞英二年目になると、漱石はハイドパーク・コーナーにしばしば出かけている。そこでは宗教各派の説教、政局談義、そして社会主義の宣伝などの演説を聞くことができた。彼の関心が三番目にあったことは、滞英中の「研究ノート」（『漱石全集』第二十一巻、五六〜五七ページ）のつぎのような記述から、容易に想像されるだろう。

「余（漱石）云フ封建ヲ倒シテ立憲政治トセルハ兵力ヲ倒シテ金力ヲ移植セルニ過ギズ。

剣戟ヲ癈シテ資本ヲ以テスルニ過ギズ大名ノ権力ガ資本家ニ移リタルニ過ギズ武士道ガ癈《すた》レテ拝金道トナレルニ過ギズ何ノ開化カ之アラン　見ヨカノ紳商抔云フ者ガ漸々跋扈シ来ルコトヲ侯伯子抔ヲ得テ富ヲ求メザル者ハ此紳商ノ下ニ屈伏セザルヲ得ザラン否《いな》現ニ屈服シツ、アラン　カクシテ是等ノ手ニ土地資本ガ集マリテ頭重ク equilibrium ヲ失フニ至ツテ世ハ瓦解シ来ルベシ。French Revolution ハ矢張 feudalism ヲ倒シテ capitalism ニ変化セルニ過ギズ第二ノ French Revolution ハ来ルベシ　カノ紳商抔 selfish ナル者ハ必ズ辛キ目ヲ見ン西洋人眼前ニ此殷鑑アリ故ニ可成《なるべく》慈善事業ヲナス(又宗教ノ結果)。日本ハ如何《いかん》彼等紳商ナル者ハ理非ヲ弁ゼヌ者ナリ又宗教心抔ナキ者ナリ但我儘ノ心アルノミナリ見ヨ見ヨ彼等ノ頭上ニ電光ノ忽然ト閃ク時節アラン」

滞英中にマルクスの『資本論』(英訳)を買ったが、まったく読んだ形跡が見られない。漱石が期待する革命は、経済制度よりも政治制度にたいするものだった。とはいえ、このような社会観のもとで、文学論が構想されていったのも確かだった。

さて、滞英中の漱石にとってもっともクリティカルだった第二期において、何が起こっていたのだろうか。

漱石の「文学の素」と池田菊苗の「味の素」

昆布だしの旨味はグルタミン酸ソーダだが、製法の特許が、明治四一(一九〇八)年、発明者の池田菊苗にたいして認められた。ロンドンで漱石と別れてから七年後のことだった。この発明はよく知られているが、ある意味でそれと同質の文学における発明に、漱石が成功したと評価できる。

菊苗の発明が「味の素」だから、たとえるならば、漱石は文学の素を発明したことになるだろう。

それが本格的に始まったのは滞英の第二期からだ。『文学論』としてまとまったのは明治四〇(一九〇七)年だから、足かけ六年を要したことになる。

その文学の中身と働きについてはつぎの章で説明されるが、ひとまずここでは、文学の中身は、脳裡を流れる「意識」だとしておこう。意識は、「観念や印象F」と付随する「情緒f」から成り立つと想定する。それを漱石はF＋fという記号で表す。

だが、まだ脳の働き、たとえば脳波を解明して、その通りだと証明されたわけではない。あくまでもそれは、実は今でもそうだが、承認する人が多いひとつの想定にすぎない。

「何だ、絵空事か」と思ってはならない。そこが凡人と漱石との分かれ目だ。

今でこそ一個の原子の影を電子顕微鏡で見ることができる。原子の実在が認められている。しかし菊苗が「味の素」の発明をめざした頃は、まだ原子の存在がひろく物理や化学の学界で承認されていたわけではなかった。物質は分子から成り立ち、分子は原子から成り立つと、あくまでも想定して、化学者は化学反応などの現象を模索していた。

分子を構成する特異な原子と原子のつながり方(官能基)によって、他では生じない働き、たとえば旨味が発揮されると仮に思って、大量の昆布を煮詰めるなど、菊苗は探しまくった。旨味の正体はグルタミン酸ソーダだと突き止め、さらにこの物質を工業的に安く生産する方法を考え出すところまでやり遂げ、商品化の基礎を固めた。

つまり、原子を「想定」しなければ、「味の素」は発明されなかったわけだ。

それとまったく「同じではない」が――「似ている」と言いたいところだが――控え目に「たとえられる」としておくが、そのような思索に立脚したからこそ漱石は、『吾輩は猫である』から『明暗』に至る一連の問題作、名作を創造できたのだ。

たとえるならば、小説が実際に生産された「味の素」で、意識は想定された分子で、観念や印象(F)や付随する情緒(f)は想定された原子だった。

たとえば、一九世紀の初めに近代の生物学（バイオロジー）は、動植物が同じ生物で、細胞という基本単位から成り立ち、その集まりの組織なり器官によって、各生物に特異な活動を呈すると想定して出発した。

化学と生物学の連関について言うならば、どちらの分野でも、未知な面が少なくないのに、下部の構成要素、原子や細胞を想定して、それらによって上部を成す全体を説明しようとした。下部を想定するのがいわゆる還元（リダクション）だが、分野が異なるのに、解明の方法は共通するところが認められる。異分野間での方法の交流が見られる。

そうした思考過程を比較し同定することで、学説の変遷を検討するのが、「ヒストリー・オブ・アイデアズ（着想の歴史、学説史）」だ。

方法の移植なり交流が、はるか時代を超えて、分野を超えて進められることだってあるだろう。そんな稀有な例が、ロンドンにおいて、菊苗と漱石の間で、化学と文学との間で起こったのだ。大胆だが、仮説として想定しよう。

ロンドンで漱石が読書しつつ思索し書きとめた膨大な研究ノートに、その証拠がつぎのように記録されている。

「(人間の)ヨキ所ノミヲ集メ其悪キ所ヲ去リテ理想トシ之ヲ worship セントス是当然ナリ但此理想ハ人間ノ作リタル者ナルコトヲ信ゼザル可《べか》ラズ……人間ノ critical eye (intellect) ガ sharp ニナレバナル程此理想的 God ノ資格ハ人間ヲ遠《とおざ》カリテ impersonal ニナラザル可ラズ。**藤村羊甘(羹)、牛肉等ノ美味ヲ聚メテ一ノ完全ナル美味ヲ作ラント欲ス此 element** ガ少ナケレバ少ナキ程実物(世間ニアリ得ル)ニ近シ……ガ如ク God ノ idea モ然リ」(『漱石全集』第二十一巻、五五〇ページ、強調は筆者)

これはジョン・B・クロージャー(一八四九〜一九二一)の『文明と進歩』(一八九八年、その意義は後述)の第四部(「宗教」)を読んで思いつき、重要と思ってノートしたくだりだ。時期は留学最後の年(明治三五年)の初め、二月頃、早ければ前年の暮れと思われる。本の購入は前年の一一月中旬以降と推定される。

引用の強調個所については、すでに岡三郎が全集の注で指摘しているが、その意味合いまでは追究していない。ここでは敢えてそれを進めようというわけだ。

藤村の羊羹は、有名な本郷の菓子屋の名物で、菊苗にも漱石にもなじみだったから、互いにただちに理解し合えた。「抽出された本質」を表すのに適切なメタファだった。

牛肉等の美味は、肉汁の濃縮物（ブイヨン）として、化学者のユースタス・フォン・リービッヒ（一八〇三〜七三）によって、一八四〇年に着想が論文に発表されていた。また一九〇八年には商品化された。だが、煮詰めただけで不純物もあり、旨味そのものではなかった。

どうやら菊苗は、旨味そのものを抽出し、それを工業的に生産する野心を早くから抱いていたらしい。「完全ナル美味ヲ作ラント欲ス」だったのだ。思いつきではなく、計画されていたのではないか。

それについて漱石は理解力を持つが、着想を奪って、先に実現する恐れはなかった。だから、菊苗は気がねなしに、わかりやすく解説した可能性を否定できない。

その際に、同じように抽出と合成のような知的応用動作が、文学研究でも可能なのではないかと、菊苗が漱石を煽ったかもしれない。

つい勢いあまって、「文学で分子や原子に当たるのは何ですかね」と問い詰めたかもしれない。

漱石にとって重要なのは、羊羹や肉汁といった具体物ではなかった。菊苗の着想の換骨奪胎だった。具体物を構成する基本要素を、いかなるレベルまで掘り下げて規定し提言するか、そうした方法論が関心の的だった。実はそれを示唆してあまりある記述証拠が存在する。

新聞を読み寅彦に手紙を書く

菊苗と別れてから半月後の明治三四（一九〇一）年九月一二日、下宿に配達された夕刊新聞「ザ・スタンダード」（全一〇ページ）の二面、その八割を占める大きな記事を読んで、漱石はすぐ弟子の寺田寅彦に長い手紙を書いた。

記事と手紙を書き始めるのとに時間のへだたりがなく、漱石の頭にはよほど血がのぼっていたことが、容易に察せられる。

「本日の新聞で Prof. Rücker の British Association でやつた Atomic Theory に関する演説を読んだ大に面白い僕も何か科学がやり度《たく》なつた此手紙がつく時分には君も此演説を読だらう。

つい此間池田菊苗氏（化学者）が帰国した同氏とは暫く倫敦で同居して居つた色々話をしたが頗《すこぶ》る立派な学者だ化学者として同氏の造詣は僕には分らないが大なる頭の学者であるといふ事は慥《たし》かである同氏は僕の友人の中で尊敬すべき人の一人と思ふ」

菊苗にたいする賛辞が最高級なのが注目される。漱石が菊苗からいかに大きな衝撃を受けたかをうかがわせるに充分だ。

記事は夕刊紙に似合わず、たいへん学術的だった。全英科学振興協会の会長、リュカー教授の演説の全文をそのまま紹介していた。とくに、つぎのように訳されるしめくくりの部分が、漱石を動かしたと思われる。

「（原子の実在を主張する）原子論は、**多くの事実を統一し、複雑な事象を単純化する**ので、同様に筋の通った対抗仮説がつくられるまでは、われわれの（原子）理論の主要な構造は正しく、原子は単に悩んでいる数理物理学者を救うだけでなく、物理的実在だと主張する権利がわれわれには存在する」（訳と強調は筆者）

この記事の学説史上の重大な意義をただちに漱石が把握できたのは、半月ないし一カ月前に菊苗から、想定される官能基・分子・原子といった階層構造について、そして他分野にとっての意義（文学理論を構築するための応用可能性）について、充分に説明され、かつ納得できていたからとしか考えられない。

いつ菊苗から漱石はそのような決定的な示唆を受けたか。

菊苗をロンドンで迎えたのは四番目の下宿で、明治三四(一九〇一)年五月五日、それから五二日間同宿だった。よほどウマが合ったのか、話に花が咲き、話題は世界観、禅、哲学、教育、中国文学、理想美人にまで及んだ。だが、同宿だと互いに勉強に差し支えるため、六月二六日に菊苗はケンジントンへ移った。漱石も七月二〇日に五番目の下宿に引っ越した。

その後じっくり話し込んだのは、七月二一日と八月三日だった。七月二一日は、午後から菊苗が漱石を訪れ、晩飯をともにし、一一時頃に帰っていった。八月三日は漱石が菊苗の下宿へ出かけ、昼食をともにした後、三人の作家、カーライル、ジョージ・エリオット、ロセッティの旧宅をいっしょに見学してまわった。

時期的に、また会っていた時間の長さからして、この両日にわたって、つっこんだ対話が交わされた可能性がもっとも高い。

とくに八月三日は、昼食のあと作家の旧宅を訪ね歩くという舞台のしつらえに加えて、ちょうど漱石が自作の英詩(八月一日作)を、毎週火曜日にシェクスピアについて評釈を受けていたクレイグ先生に読んでもらったりしていた(八月六日批評を受ける)。英文学にたいする味わい方(趣味)が、イギリス人とは異なるのを苦にし、この問題への対処で、一段と悩みを深くする状態にあった。

つぎに両人が会ったのは、八月二九日の夜で、菊苗が暇乞いにきた。翌日、漱石は下宿の主人姉妹を連れて、ロンドンのアルバート埠頭まで行き、帰国する菊苗を見送った。後にも先にも、ロンドンを離れる友人を漱石が埠頭まで見送ったのはこのときだけだった。このことだけでも、いかに漱石が菊苗に学恩を感じていたかがよくわかる。

池田菊苗は文理兼帯で良識派

仮説とことわりながら、菊苗が漱石を煽った可能性も否定できないと、前々節で筆を滑らせたが、漱石が菊苗に意見を求めたから、菊苗が自分ならどうするか意見を述べた、これがより真相に近いのではないだろうか。

菊苗の答に熱がこもっていて、それを漱石が、示唆、忠告、批判、煽動のどれと感じたか、それによって漱石の受け取り方なり表現がやや異なることになったのだろう。

悩んでいたのは漱石で、菊苗ではなかった。また菊苗の人柄からして、求められもしないのに他分野について自説を押しつけるなどとは、とうてい思えない。

菊苗は漱石よりも三歳の年長で、明治日本を代表する文理兼帯の一級の知識人だった。坪内逍遥の後を継いで、国学院でシェクスピアを講義するほど英文学にも通じていた。

他方の漱石は、文科大学入学の四年前、二〇歳のとき、学資の足しにするため友人と受験塾に住み込みで数学を教えていたくらいで、彼も文理兼帯の素地を備えていた。

そのためたちまち肝胆相照らす両雄の間柄になった。だが、漱石のほうが押され気味だったのは致し方なかった。年齢の差だけではなかった。文学とは何か、模糊としたままなのに、化学のほうは、折しも長足の進歩を遂げつつあったからだ。

菊苗は当時世界でもっとも進んでいたライプツィヒ大学の化学教室で、一年半にわたりヴィルヘルム・オストヴァルト（窒素固定触媒の発見と化学反応における速度と平衡の研究で一九〇九年ノーベル化学賞を受ける）の指導を受け、物理化学（物理の助けを借りて化学の基礎を研究する新分野）の実験と理論研究に従った。

そのあと、彼の指導教授である桜井錠二の訪英に合流するため、ロンドンに立ち寄った。ついでにイギリスの化学の水準を探るため、「比熱」の測定を名目にロンドンの王立研究所を訪れた。それにたまたま漱石がめぐり合わせたわけだ。

桜井教授の兄が、留学前に漱石が英語を教えていた第五高等学校の校長だった。その縁で漱石が菊苗にロンドンの下宿を紹介しただけのことで、まったく運がよかった。

菊苗の最初の王立研究所訪問には漱石が同行した。道案内にかこつけて、漱石が化学の研究をまのあたりにしたかったためと思われる。

いつの時点かは不明だが、知り合ってまだ日が経っていないうちに、菊苗は漱石に最新の物理化学の知見を解説しただろう。それは触媒や比熱の話だったに違いない。

触媒とは、自身は変化しないで反応を促進する特異な分子だ。そして熱や圧力などのエネルギーが加わると、化学反応が進み、生成物がたまると反応が止まり、エネルギーの追加がなければ反応は平衡状態になることを説明しただろう。比熱とは、そうした際の、物質によって異なる、熱にたいする反応の度合いを示す数値だ。

比熱も一例だが、世界の在り方を、世界におけるエネルギーのやりとりによって説明できるという考えが、ちょうどその頃提唱されていた。その主唱者が菊苗を指導したオストヴァルトだった。この派を「エネルゲティーク」、それに反して原子で説明しようとする派を「アトミスティーク」と呼んだ。

菊苗の立場は微妙だった。ドイツでの先生はエネルゲティークだったが、日本での先生の桜井はイギリス流の、やや古風なアトミスティークだった。

止むを得ず菊苗は、日本におけるエネルゲティークの解説者の役を果たした。数年も経たないうちに原子の存在を疑えなくなり、エネルゲティークは退場するが、それまでの間、菊苗は隠れ原子論者だった。ただし、自然を離れ社会や文化にまでエネルギー一元論を広げることには、彼は明確に反対した。その点で良識派だった。

そうした事情があったため、菊苗がロンドンで漱石にエネルゲティークの思想的指導者だったマッハの極端な経験主義を吹き込んだ、といった説が捏造され流布された。

それにたいし科学にうとい者は否定できないし、文学にうとい者も否定できない。両分野における半可通をたぶらかすには打ってつけだが、証拠もないし、論理的可能性もない。反証の余地がないから「誤ってさえいない」。まったく論破するに値しない。

菊苗との出会いが漱石にとってきわめてクリティカルだったから、そこを正しく見定めるため、当時の化学の状況にまで踏み込んでおく必要があるというわけだ。

漱石にとって、原子かエネルギーか、またマッハ的な徹底的な経験主義かは、いささかも問題ではなかった。それらの点のために文学の性格が変わりはしなかったからだ。

あくまでも漱石にとっての関心事は、文学論において、第一に何々を基本要素とするか、第二にそれらによってどこまで古今東西の文学を説明できるか、第三にそうした論理的仕組みと手続きが妥当で理論（セオリー）として成立するか、これらの三点だった。

漱石が強く願ったのは、原子や分子で物質世界が一貫して説明できるように、何かを前提とすることによって、文学とは何か、また世界(自然・社会・人間)にとって文学はいかなる役割を果たすか、明快に語れるようになることだった。

ほぼここで想定した通りだったことが、その後の漱石の研究と実作を通じて明らかになるだろう。

クロージャーの『文明と進歩』を読む

漱石は、明治三四(一九〇一)年八月二七日を最後に、クレイグ先生から個人教授を受けるのをやめた。菊苗と別れたあと、買い込む本の分野ががらりと変わった。九月二二日付の妻宛ての手紙は、つぎのように伝えていた。

「近頃は文学書は嫌になり候科学上の書物を読み居候当地にて材料を集め帰朝後一巻の著書を致す積りなれどおれの事だからあてにはならない只今本を読んで居ると切角自分の考へた事がみんな書いてあつた忌々しい」(注、候文が口語文へ変わる過渡状態を示す文例になる)

ここでの「科学上の書物」は、菊苗に勧められたと思われるカール・ピアソン（一八五七〜一九三六）の『科学の文法』（一九〇〇年）だった。九月一八日に二ポンドで買った。

漱石の書き込みからして、「忌々しい」のは、その第二章だった。というのは、この章では、「科学の知見は人間の意識だ」と、ヘーゲルの『精神現象学』（一八〇七年）そのままが論じられていたからだ。今さら言われなくても、承知していると思ったわけだ。

年が替わって、二月一六日付の菅虎雄宛ての葉書となると、「心理学の本やら進化論の本やらやたらに読む」と書かれるように、さらに大きく変わっていた。

科学から「心理学や進化論」へ、何が契機になって転進したのだろうか。

それが漱石の追究の筋道を解く最重要の鍵になる。それについて漱石は書き残してくれてはいない。

そこで『漱石全集』の一巻を占める膨大な「研究ノート」を、何時間もペラペラと繰るのを続けていると、全編を通じてもっとも目にひっかかる著者名や著書名が浮かんでくる。

それがクロージャーの『文明と進歩』(John B.Crozier, Civilization and Progress, 4th edition, 1898. 東北大学「漱石文庫」所蔵）だ。

どんなきっかけで、本書に出会ったかはわからない。おそらく本屋で書名が漱石の目に飛び込んできたのだろう。手にしてすぐ索引を見ただろう。そこにヘーゲルの名を見つけ、指示されたページを斜め読みして、ただちに購入を決めたに違いない。

結論を先に言うと、漱石には失礼な言い方だが、本書こそは、その後の漱石の文学研究と創作活動を決定づけた、いわばネタ本と位置づけることができる。

すでに藤尾健剛によって、本書と漱石の思索との関係については詳しく調べられ報告済みだ。その功は大いに多としなければならない（「漱石とクロージャーとマルクス」『漱石全集』月報、一九九四年一〇月、「漱石・クロージャー・マルクス」一九九四年二月、「漱石・宗教・進化論――クロージャーへの書き込みの検討」一九九三年九月）。

だが藤尾は、漱石のクロージャーにたいする読み方と、それに基づく最終的見解を全面的に支持するわけではない。つまり、「時代精神の心理的基盤」の解明が不充分と批判する。

それに反して、原書をあらためて読み直した筆者の見解の力点は、藤尾の批判は別の個所（「研究ノート」の「文芸ノ Psychology」など）で検討済みで、本書との関連で重視しなければならないのは、むしろヘーゲルの世界観にたいする漱石の態度だという点にある。

クロージャーは、カナダ出身の医師でロンドンに移って開業するかたわら、数冊の社会学関連の著作を出版した。版の重ね方からして、当時はかなり売れたらしい。『文明と進歩』は、進歩の鍵は人間精神だと喝破する。

今でも文明の進歩となると、宗教、政治、科学、物質、社会の五要素が挙げられ、それらの相互作用で説明しようとする。だが、必ずと言ってよいほど、この方針は、五要素の相互作用が複雑すぎて、混乱して挫折してしまう。

そこでクロージャーは、それらの五要素をコントロールする人間の精神のほうに注目した。それを彼は「ニュー・オルガノン(人間精神の法則)」と呼ぶが、それが明確に規定されるわけではない。説明しようとしたが、古代からの宗教の役割に筆を取られて終わる。

そこで第三版(一八九二年)から、ヘーゲルの『歴史哲学』の要旨を、本書の核心の第四部「進歩の理論」の冒頭で二ページを費やして解説するように改めたのだ。

彼はヘーゲルの趣旨を、つぎのように明快に要約する。

「彼(ヘーゲル)は、文明をコントロールする要素を、精神(大文字のスピリット)それ自体の必然的な不可避の運動(ムーヴメント)に見出す。精神面であれ、科学面であれ、実際面であれ、あらゆる分野において、唯一の、常に統合と差異化を持続し、絶えず渦巻きながら高みへと上昇していく精神の運動に見出す」

他方、それに先立って、第一部「ニュー・オルガノン」の第四章「心理学」で、彼が称するところのヘーゲルのアキレス腱を、つぎのように指摘する。

「ヘーゲルは精神それ自体の内部運動をまったく無視する。したがって他の諸家も含め、いずれもわれわれが知るところの文明の現象の複雑さを説明できないのだ。……そこで私の立場を提示しよう。精神のどの部分かではなく、あますところなくその全体を具体的な統一体として捉えるのだ。私のオルガノンはこの統一体に関する法則だ」

漱石はこのクロージャーの指摘を活かそうとして、文明の進歩の社会学から、さらにそれを裏付ける心理学による解明へと展開していったと、跡づけることができる。

その結果、漱石の計画は、「文学理論＝ヘーゲルの時代精神＋文明の社会学＋心理学による裏付け」から成り立つことになったわけだ。

なぜ他の多くの者は、そのように割り切って追究することができなかったのだろうか。

文学とは何か、そして世界（自然・社会・人間）における文学の役割は何か、と問いを立ててみても、文学と世界とがあまりにも隔絶していて、途中に何かを介在させなければ、事柄のレベルが違いすぎて、先へ思索が進まなかったからだろう。

山を越えたくても、山の麓の深い森で迷ってしまうのにたとえられる。

そこで漱石はどうしたか。まず世界を、二要素、人間の集まりの社会、そして文学とのみで構成されると、事柄を単純化した。

つぎに山の両側の麓から、つまり、社会のほうからと文学のほうから、狙いをつけてトンネルを掘り進み、双方がぶつかり、貫通させるのをめざしたわけだ。

どこでぶつかるか。「時代精神」ではないかと見当がつく。というのは、文学は時代精神を表し、ある時代のある社会は独自の時代精神を生むからだ。文学と社会が出会える。

「文学と時代精神」そして「社会と時代精神」と、別々に言う限りでは、何もむずかしいことはない。別々なのを連結させて「世界と時代精神と文学」とすると、途端にむずかしく思える。だが、実は、別々に考えて、あとで連結すれば、「コロンブスの卵」だ。問題がむずかしいのではなく、そうした考え方に不慣れなだけだ。

ただし緻密で論理的な跡づけとなると、多少の知的忍耐を要する。それについては、次章でトライするとしよう。漱石だって、図解して考えたくらいだ。

なお漱石の社会主義にたいする態度(先の節で紹介した)を形成させるに力があったのは、クロージャーの『文明と進歩』の第五部「政治」の第六章だったと、岡三郎は推定する。

ロンドン構想――帰国後の執筆計画

苦しんだが、思索にめどがついたので、妻の父の中根重一にいいところを見せようとしたのだろう。大見得をきるような手紙を、明治三五(一九〇二)年三月一五日に書いた。

そこにはこの後の漱石の活動を決定づける二つの宣言が綴られていた。

「欧洲今日文明の失敗は明かに貧富の懸隔甚しきに基因致候」

格差社会の縮図のロンドンを見て歩いた実感をもとに、ヨーロッパ文明は失敗だと漱石は結論し、文明開化で湧いている日本も同じ運命をたどるのではないかと危惧したわけだ。

彼が計画した一書も、この点と深く関わっていた。

「先づ小生の考にては「世界を如何に観るべきやと云ふ論より始め夫《それ》より人生を如何に解釈すべきやの問題に移り夫より人生の意義目的及び其活力の変化を論じ次に開化の如何なる者なるやを論じ開化を構造する諸原素を解剖し其聯合して発展する方向よりして文芸の開化に及す影響及其何物なるかを論ず」る積りに候」

宣言の通りに、世界と文学の間に開化(明治の時代精神)を置いて見た結果が、『坊っちゃん』『文学論』『行人』、そして『こころ』などに代表される成果として実ったのだった。

第四章　文学は時代精神の表れ

高まる漱石の国際的評価

『それから』や『坑夫』が英訳され、一九七〇年代後半から漱石の小説は、英語圏でモダニズムの先触れとして評価されるようになった。それ以前は『草枕』や『こころ』によって、自我を描いたリアリズム作家と受け取られていた。

また二〇世紀文学の開拓者として、彼はカフカ、ジョイス、魯迅(チェコスロバキア、アイルランド、中国と、いずれも非西欧の作家)の仲間だったと位置づけられる。

こう評価するのは、カリフォルニア州立大を経て、最近はシカゴ大学で日本近代文学を講ずるマイケル・ボーダッシュだ(「英語圏における『文学論』の意義」「国文学」二〇〇六年三月、「夏目漱石の『世界文学』」「文学」二〇一二年五〜六月)。

彼も加わって漱石の『文学論』の抄訳が、二〇〇九年に出版された。そのペーパーカヴァの裏には、つぎのように原著者と内容が紹介されている(訳は筆者)。

「夏目漱石は、日本のもっとも偉大な現代小説家として広く認められているが、英文学者そして文学理論家として出発した。一九〇七年に『文学論（セオリー・オブ・リタレチャー）』を出版し、読者がなぜ、そしてどのように読むかを理解する上で、いちじるしく前向きに考えることを試みた。後年になって漱石は『文学論』を未完と評したが、今も前例のない業績としての地位を占め、ロシア・フォルマリズム、構造主義、読者反応説、認知科学、そしてポストコロニアリズムなど、批評の基礎を形成する着想や概念を、他に何十年も先駆けて予感していた。

心理学と社会学の当時最先端の方法を採用し、漱石はひとつの理論を創造した。読書という意識の経験を研究するための理論、また文明の歴史や文明と文明の関わりを貫く、プロセスの変化に関する理論をもたらした。さらに文学における趣味は、社会的に歴史的に決定されると主張し、西欧的正典の優位にたいし挑戦することを可能にし、そして彼の理論の基礎を科学における認識に置き、趣味の普遍的正当性を主張することを可能にした」

褒めすぎと思われるかもしれないが、訳者たちが認めない美辞麗句を出版社が勝手に掲げることはできない。ありていに言ってこの通りだろう。そう評価するからこそ、あえて英語に翻訳して出版されたわけだ。

しかし、ボーダッシュは、『文学論』を「世界文学」の作品とまで高く持ち上げながら、どうしてそれほど先駆的な理論を生むことができたか、その理由についてまったく見当がつかず、不思議だと言わんばかりだ。

文学と科学の二本の平行線の間に、「横断線」を引くことができたのは、漱石の「世界文学」が、西欧的正典にたいする「マイノリティ」だったからだと、ボーダッシュは結論する。

これは明らかに、褒めるのではなく、彼が背負っている西欧的正典に従って、漱石をけなしていると受け取るべきだろう。というのは、正典においては、文学と科学は交差するはずがなく、交差してはならないからだ。それが可能なのは別世界というわけだ。

他方、漱石の足許の日本では、漱石自身が『文学論』を早産だったと謙遜したのを真に受けたのか、相変わらず評論家の多くは中身を理解しない、ないしはできないまま、失礼にも『文学論』を黙殺してきた。いつまでそれを続けるのだろうか。

発端はトルストイの芸術論

実は漱石は、ロンドンに到着して、すぐトルストイの『芸術とはなにか』(英訳)を買って読んで、たいへん感銘を受けた。

そのことは書籍購入メモ(日付は明治三四年一月二日)から、また『文学論』の当初の構成案(村岡勇編『漱石資料――『文学論』ノート』)から知ることができる。

ありがたいことに、後者には、それを漱石がどう読んだか、問題点が括弧でくくられ示されている。それによれば、(1) contagion に同意、(2) pleasure theory に反対＝感服、(3) illogical 残念、とある(番号付与は筆者)。

(1)は、トルストイによれば、芸術の本来の目的は、感情の感染(contagion)を通じて、(キリスト教的な)愛によって人々を結び合わせることだ。前段の「感情の感染」に関する限りは、漱石は異存がなかった。ただし最終的に漱石は、単に感情だけが伝染するのではなく、意識の流れと意識の流れの間で、つまり、相互の意識を構成する観念や印象そして随伴する情緒の間で、模倣が起こると想定した点で異なっていた。

(2)は、芸術にたいする評価尺度が、受ける快楽(pleasure)の多寡になったとする説に、漱石が反対だったこと、つまり、トルストイ説に賛成だったことを示していた。漱石の芸術観では、倫理的な正否が評価尺度のひとつとして加わっていなければならなかった。

(3)は、トルストイが芸術の目的はキリスト教の愛の精神を伝えることだとするのは、非合理的(illogical)と考えて、漱石は反対を表明したわけだ。

そこで、漱石としては、トルストイ説の長所の⑴と⑵を活かして、⑶を合理的な目的、たとえば「文明の進歩」に置き換えるには、どうするべきかを考えねばならなくなった。

神を芸術から追放するには

さて、どうしたものかと考えあぐねていたとき、前章で述べたように、漱石の前に、時の氏神の池田菊苗が現れたわけだ。

その結果、あらましを再確認すれば、第一に、菊苗との対話から、科学の方法のひとつである下部の要素への還元、第二に、菊苗が帰国したあと、さらにピアソンを読んで、漱石にとってお手のもののヘーゲル哲学への回帰、この二つが必須なことを漱石は痛感した。

その上で、以下のように、思索のきめを格段にこまかくし、難関の突破に挑戦した。

そもそもヘーゲルによる文明の進歩の原理は、ごく平たく言えば、人間の精神が自由を求めてきたことに置かれていた。人間の精神に自由を求めさせる根源のものとして、ヘーゲルは絶対精神（絶対知）＝神を前提したが、それはキリスト教に気がねしたからで、そんな飾り金具をはずすのは、漱石には朝飯前だった。

だが、単にはずすだけでは済まなかった。クロージャーに言わせれば「ヘーゲルのアキレス腱」――心理的根拠の説明不足――を漱石は補強しなければならなかった。その関門がどこだったかは、「研究ノート」(『漱石全集』第二十一巻、五八〜五九ページ)につぎのように記録されている。

Fは集団の意識の焦点(Focus)を、またfは個人の意識の焦点(focus)を表すと解釈される。その後彼の脳裡でFとfは、文脈に応じて、指示する対象が変幻自在に変わるので要注意だ。なお〈 〉は、漱石の記述の混乱にたいする筆者による訂正案を示す。

「余ハ今之ヲ説明セントス(出来得ル限リ明瞭ニ) 人間ノ意識ノa moment ヲ捉ヘテ之ヲ解剖スレバ a wave of consciousness トナリ而シテ此 wave ニ focal idea アルヲ認ム他ハ marginal ナリ猶《なお》下ツテハ infraconscious ナリ。他人ノ行為、思想ガ我ニ appeal スルハ(言語文章ヲ通ジテ)、此 focal idea ガ等シキ場合又ハ喚起サレ易キ marginal part ニアル場合トス。コハ一個人ノ一 moment ニ就テ云フモ一代即チ此一個人ノ集合体ニモ亦 a moment ノ consciousness アリ其 consciousness ノ中ニハ矢張 focal idea ト marginal トアリ。此〈集合体ノ〉focal idea ヲFニテ示セバ F＝n・fナリ。fハ一個人ノ focal idea ヲ云フ。仮令《たと》へバ日清戦争ノトキノ日本人全体ノ意識ノ focus ハ此戦争ニアリ故ニ当時尤《もっと》モ日本人ニ appeal セル者ハ此戦争ニ関スル出版物ナリ之ニ次グハ此 idea ノ近所ニ居ル idea ノ物ナリ。固《もと》ヨリ此 idea ハ vivid ナル場合ト vivid ナラザル場合アリ去レドモ若シ多少 vivid ナランニハ其 moment ニハ此 idea ガ国民ノ focus ナリ之ヲ勢ト云フナリ」

国民にとっての焦点が「勢」で、「集合精神」「時代精神」「Zeitgeist（ツァイトガイスト）」なども漱石は呼んだ。

Zeitgeist の出所は、藤尾の調べでは（「「集合意識」と「明治の精神」」「国文学解釈と鑑賞」一九七二年一二月）、漱石が読んでいたジェイムズ・M・ボールドウィン（一八六一〜一九三四）の『精神発達の社会的倫理的解釈』（一八九七年）と推定される。ちなみにヘーゲル自身は、合成語の Zeitgeist は使用しなかった。

ここでとくに注目すべきは、漱石が思索を重ねて、まず最初に F＝n・f、つまりn個の同じfからFが成り立つと発明したことだ。

だが、奴隷制社会でもなければ、n個の同じfはあり得ないから、ただちに、どのようにfが変化し、どのようなfが勢いを増すかによって、どのように時代精神Fが変わっていくかを考えたに違いない。

その成果として、神によってではなく、人々の意識によって変化してゆき、文明が進歩してゆき、また文明開化が進んでゆく、つまり、文明の発展は、神のような外在的原因ではなく、人々の精神それ自体という内在的原因によって、弁証法的に変化すると論理づけたわけだ。

そう考えることで、漱石は文明の進歩から神を追放するのに成功したのだ。トルストイの芸術観を克服できたのだ。

しばしば弁証法的変化は「正・反・合」の三段階変化などと巷間では説明されたが、所詮それは措述家が唱えた呪文にすぎず、役に立たなかった。

そこで漱石は、「個人の意識f」と「集団の意識F」という二つの概念を定め、その相互の関係を展開してみせたわけだ。だから漱石は「余の考えによれば」と強調したのだ。

漱石の発明——弁証法の脱神秘化——の功徳は大きく、その功績にたいし哲学界は感謝しなければならないだろう。

当然ながらヘーゲル本人は、たとえばつぎのように考えていた（長谷川宏訳『精神現象学』二八九～二九〇ページ）。

「わたしが所有するのは一つの物であって、物とは、他のだれにたいしても存在し、まったく一般的かつ不特定な一人としてわたしにたいしても存在するものである。そうした物をわたしが所有するのは、だれのものでもあるという物の本性に矛盾するのだ。したがって、所有権を認めることは、所有権を認めないことと同じく、あらゆる面で矛盾にぶつかるのであって、どちらをとるにしても、そこに個別性と一般性という対立し矛盾する二**要素があらわれてくるのである**」(強調は筆者)

漱石はヘーゲルの原典を読むことができなかったので、自ら考えてヘーゲルと同じ考え方に、よりわかりやすい形で到達していたと評価されるべきだろう。

ヘーゲル哲学と文学の親和性

必要以上にヘーゲル哲学と文学とを関係づけようとしていると思われるかもしれないが、実はそうではない。過不足なしの最低の程度にとどめてある。

そもそもヘーゲルの主著の『精神現象学』は、発想の原点のひとつをギリシア悲劇、なかんずくソフォクレスの『アンティゴネー』に負っていた。論より証拠で、長谷川宏訳の二九二〜二九三ページでは、つぎのように述べられている。

「自己意識とさまざまな区別(個々の掟)との関係もまた、単純かつ明晰である。区別(掟)があり、それ以上ではない、というのが意識の受けとる区別(掟)のありさまなのだ。ソフォクレスの「アンティゴネー」で主人公アンティゴネーは、それを神々の、書かれざる、あやまりなき法と呼んでいる。

きのうやきょうの話ではなく、永遠に生きるものが法というもの、
それがいつできたのかはだれも知らないのだ。

掟は厳にあるのだ。その成立のありさまを尋ね、発生の地点まで追いつめたとすれば、わたしは掟の上に立つことになり、わたしが普遍的で、掟のほうが制約され限定されたものとなってしまう。掟の正当性がわたしに洞察されねばならないとしたら、掟がそれ自体で不動であるという事態にわたしがゆさぶりをかけ、ひょっとしたら正しいかもしれないが、ひょっとしたら正しくないかもしれないものとして、それを見ることになる」

いみじくもこのくだりには、「人々の精神が自由を求めて生み出したものが、〇〇であり、かつ〇〇ではない」という弁証法的状態、自由を求める精神の状態、ひとつの状態から他の状態へと移る過渡期の状態、『精神現象学』の核心が捉えられているではないか。

だが、漱石は、ヘーゲル哲学がこれほど大きく文学に負っていることを知らなかった。そこで漱石は、いわばゼロから自分で発明しなければならなかったわけだ。クロージャーからヒントを得たにしても、ヘーゲルを写したのではなかった。文学から哲学へ、つまり、具体的な事象から抽象的な原理を導いた点で、漱石とヘーゲルは同じだったが、漱石は、クロージャーやボールドウィンの社会学の見解を援用しつつ、自分で(再)発明したのだった。

この間の論理の運びで、どこが同じで、どこが異なるかを、明確に捉えておかないと、漱石も読めていないし、ヘーゲルも読めていないわけで、とんだ馬脚を露すことになるので要注意だろう。

文学は意識の流れで「時代精神」を表す

以上で、「自然＋社会＝世界」を説明する哲学のほうからトンネルを掘り、漱石は「時代精神」まで到達した。だが、山の他方の麓から、つまり、文学のほうから掘り始め、「時代精神」にぶつからねば、トンネルは貫通しない。

哲学から掘るのは、とにかくヘーゲルが測量だけは済ましておいてくれたので、漱石も掘る方角を見失わず、何とかトンネルの途中まで掘り進めることができた。

他方、文学のほうから掘った人はほとんどいなかったので、考えを次第に精密化してゆくのに、神経をすりへらした。それでも幸いにして、最新の心理学の成果に立脚して、掘削することができた。

まずロイド・モーガン（一八五二～一九三六）の『比較心理学入門』（C.Lloyd Morgan, An Introduction to Comparative Psychology, 1896）から、意識の様態をどう想定するかを知った。

第一章の「意識の波」から、図解も参考にしながら、意識の流れは、時間的に弱かったのが強くなり、そして弱くなってゆき、空間的には、細かったのが幅広くなり、また細くなってゆくと、あくまでも測定された事実としてではないが、想定することにした。

その感じをUの字を逆にふせた図によって、『文学論』では説明する。その中心が焦点（フォーカス）で、他は周辺（マージナル）だとする。

つぎは意識が何から成り立つかが問題だ。それについては、テオデュール・リボー（一八三九～一九一六)の『感情の心理学』(Theodule Ribot, The Psychology of the Emotions, 1898)を参考にした。

その序章で述べられる説――通常は情緒(フィリング)が単独で存在することはなく、必ずといってよいほど知覚(パーセプション)や心象(イメージ)や観念(コンセプト)といっしょに存在する――に漱石は従った。

それを『文学論』の冒頭で彼は、「凡《およ》そ文学的内容の形式は(F+f)なることを要す。Fは焦点的印象または観念を意味し、fはこれに附着する情緒を意味す」と定義してみせたわけだ。

精神のほうも、集団のそれと個人のそれとの二要素から成り立つように想定されているのに対応させて、文学の内容のほうも、観念・印象にたいし情緒というように二要素から成り立つと想定した。

単位が一要素(一元的)だと、変化しにくいし、変化はどっと一挙に進行する。それに反して、単位が二要素(二元的)だと、まず片一方の要素が変わり、やがて他方の要素も変わるという具合に、じりじりと変化し、気づかぬうちに変化の準備が進行し、あるとき堰を切ったように事態は大幅に変貌する。これにて正・反・合の摩訶不思議は吹き飛んでしまうだろう。

それによって、精神の内容なり文学の内容が、それぞれ外部からの働きがなくても、内在的作用のみによって変化するように設定することができた。つまり、神などの介入なしに、いわゆる弁証法的変化が文学でも可能となった。

この想定過程は、「研究ノート」のつぎのくだりに見られるようにかなり強引だった（『漱石全集』第二十一巻、一九五ページと二一一ページ、どちらも「Ⅲ−6「文芸ノPsychology」」として綴じられている）。なお括弧内の小字は筆者の挿入だ。

「余云フ是信（ズル）カ　シバラク信（ズ）トスレバ之ヲ余ノformulaニテ示セバ(1)一代ノFガ一人ノfヲ圧シ　(2)Fトfガharmoniseシ(3)fガFニpredominateスルナリ。語ヲ換テ云ヘバ　(1)自己ガFノ中ニ動キ　(2)自己モ出来ル丈ノ活動シ而《しか》シテ毫モFト衝突セズ。心ノ欲スル所ニ従ツテ範ヲ超エズ　(3)fハ自由ニ活動シテFト衝突ス

artハ此三stagesヲ経過スベキヤ曰ク余ノ説ニ従ヘバ凡テノartノ進化若《も》クハ変化ハsuggestionニ帰スシバラクartガ動クトスレバ此suggestionアル為ナリ」

「今intellectトartノ関係ヲ論ズベシ如何ナル文芸ニテモidea即チFナクシテ成立セズ従ツテintellectual sideヲ含マザル文芸ハ古今来ナキコトナリ去レドモFアリテfナキト

キハ文芸トナラズ文芸ノ要素ハ（F＋f）ニアリ又fアリテFナキトキハ文芸トナラズ」

自分の考えに従って、漱石はつぎつぎに「想定」（仮定）を進めていったのであって、決して測定される現象に基づく心理学によって裏付けられていたわけではなかった。

漱石は図解して考えた

考えているうちにイメージが湧いてきたのだろう。どうやら漱石が最初に図を描いたのは、岡三郎の発見によるが、クロージャーの『文明と進歩』の後見返しの裏だった（『夏目漱石研究』第一巻、一四〇ページ、ただし岡の追究はクロージャーまでで、その源のヘーゲル、彼の「時代精神」には目が届いていない）。

注意すべきは、描かれたのが心理学の本ではなくて、社会学の本だったことだ。しかも、そこでは説明文字はFのみで、fがない。

最初のうちは、集団精神の地域的分布と時間的分布の広がり（扇形）として、時代精神をイメージしていたことがうかがわれる。つまり、初めの段階で図は、社会から時代精神を考えるためのものだった。

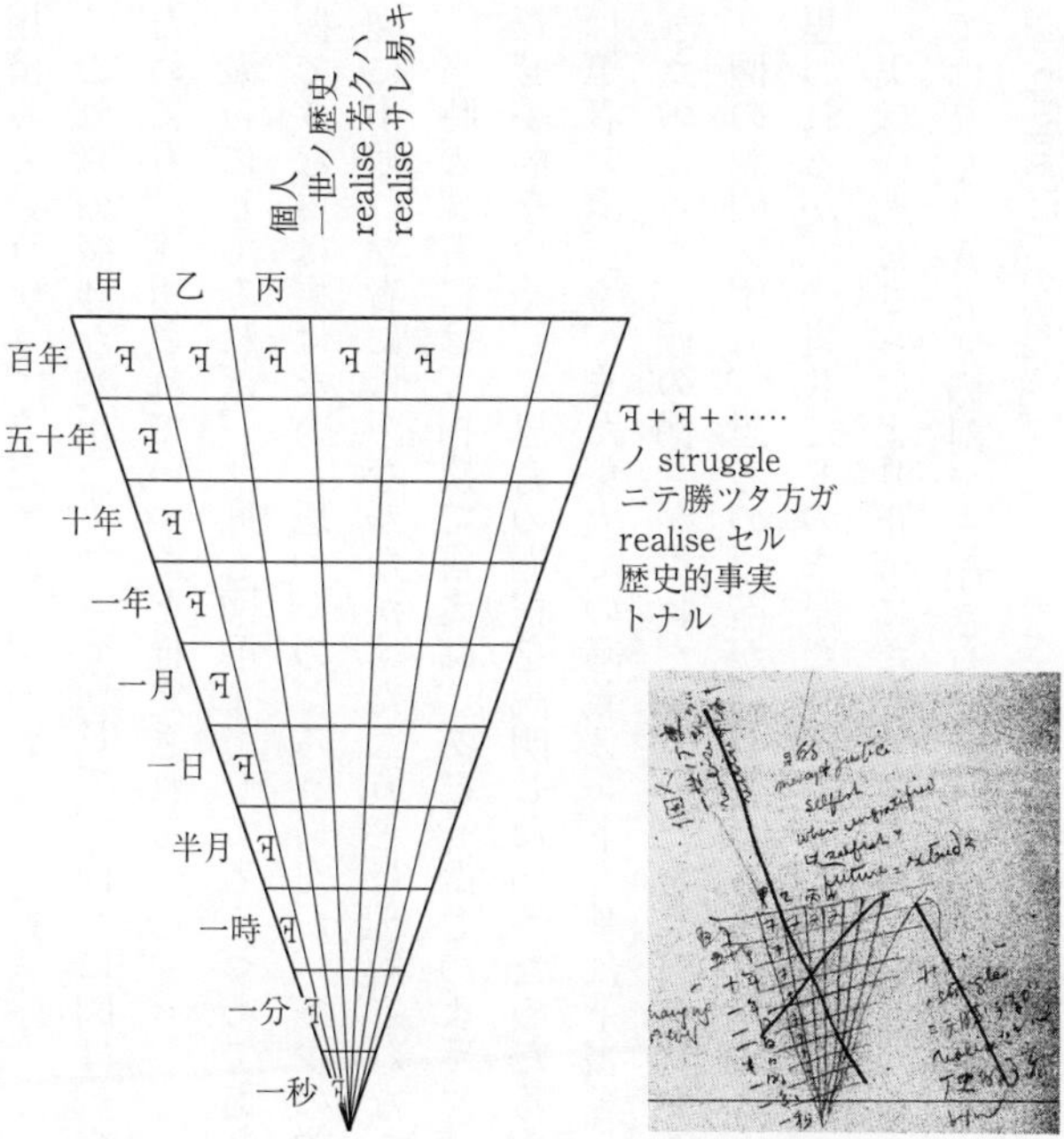

東北大学「漱石文庫」John B. Crozier, Civilization and Progress の
マイクロフィルムからの紙焼き画像とその書き起こし

二番目は「研究ノート」の「Ⅳ－Ⅰ　Fト Ideal」（『漱石全集』第二十一巻、三一三ページ）で、まったく同じ図と見なせるが、扇形のわきの説明が若干異なる。

一番目の図も二番目の図も、漱石自身によって消されている。消された理由は、図解を否定するためではなかっただろう。

というのは、ほとんどそのまま三番目として『文学論』に現れるからだ。消したのは図の扱い方を決めた、つまり、用済みというチェックだったと思われる。

これらの微妙な変化(ずらし)を通じて、徐々に図は、文学(芸術)が時代精神を表すのを示すためにも、流用されていったと推定される。

漱石にしてみれば、何度も図解までして考えつめてあり、図に見られる通りだから読者も把握できないはずはないと思ったのだろう。だが、多少の説明文がつけられていても、その種の図に不慣れな者には、なかなかすんなりとは理解されなかったようだ。

当時の読者には、相撲で言えば、あびせ倒しのように感じられただろう。こう考えるのだと、なぜ委曲をつくして思考の過程を説明しなかったのだろうか。

筆者の漱石も、また東大での講義ノートを基に下書きした高弟の中川芳太郎も、頭がきれすぎたのだろう。頭の働きが柔軟だったのだろう。それがかえって災いしたのかもしれない。

図の説明文字も、思考の段階が進むとともに、左のように、実はより精緻にすべきだったと思われるが、一貫してFのままだった。

実は経過をさらにより正確にたどるならば、文学からトンネルを掘り始めたときは、Fやfではなく、Aとaの対で表記されていた(『漱石全集』第二十一巻、一八五ページ「Ⅲ－6「文芸ノPsychology」」の冒頭)。

A−a, A−a’, A−O

F＝n・f

F−f, F ‘−f’, F “−f”

F+f, F ‘+f’, F “+f”

−は対応, ＋は随伴を表すと解せられる.

かなり早い段階で、哲学のほうからの時代精神の説明と表記に合わせるため、A－aがF－fに置き換えられたと推定される。

つまり、図そのものの形は同じまま、漱石の脳裡で、説明の字句を表内のように上下の間で、融通無碍に移行させていたのだろう。それを許すことで、社会↕時代精神↕文学の間を自由に往来する関係が設定された。そのような脳裡での操作によって、「文学は時代精神を表す」と定義できるようにしたわけだ。

くどいが、たとえば前述の藤尾のように、F＋fの心理学的根拠が示されていないなどと批判するのは、お門違いだ。ないものねだりなのだ。

そうではなくて、前提を想定し、それから演繹し、その結果から有用な帰結が得られるならば、前提を想定しようではないか、という「理論」を、『文学論』で漱石が構築したのだと、理解すべきだろう。

それを漱石はいつどこで心得たのか。彼がまともな中等教育の一環として「ユークリッド幾何学」を学んでいれば、それが最初の機会だったのだろう。つぎはロンドンでピアソンの『科学の文法』を読んだときだった。この本の前半の全体(とくにダーウィンの進化論の構築過程の解明)は、繰り返し仮説や理論について説明しているからだ。

ちなみに、観念や印象に情緒が付随するという捉え方は、リボーの本よりも前に、実はピアソンの本から示唆を受けたに違いない。もっともそのくだりは、モーガンの『動物の生活と知能』からの引用で、意識は知覚と記憶から成り立つと定めていた。

このくだりから推定されるように、ピアソンから、モーガンそしてリボーへと進んでいったのだろう。

漱石がマイノリティだなどとけなすボーダッシュには、右のような経過をきちんと追跡してから、出直してもらわねばならない。

大塚保治との同時発想

生物の種の自然選択説はダーウィンが考えついていたが、宗教上の配慮から慎重を期し発表を控えていたところに、アルフレッド・ウォーレスが似た考えを伝えてきた。そこで、ダーウィンのプライオリティを確保するため、急遽一八五八年七月にロンドンのリンネ学会で発表された。その際ウォーレスは、ダーウィンの共同発見者として遇された。

これがもっとも有名な例だが、同じようなことをほとんど同時に複数の人々が思いつく。そういうことがときどき起こる。同時発明とか、同時発想などと呼ばれる。それにやや似たことが、夏目漱石と大塚保治との間でも生じた。

保治は漱石よりも一つ年下だったが、漱石の進学が遅れたので、保治のほうが二年早く東大哲学科を卒業し、東京専門学校（現在の早稲田大学）で美学を教えた。

学問の構成を論じた西周の『百学連環』（明治三〜六年）では、「佳趣論（aesthetics）」と訳されていたが、「審美学」を経て、「美学」と呼ばれるようになった。

美学が重視されたのは、精神の働きを知・情・意に分け、それに対応する理念を真・美・善とし、それらを扱う学を論理学・美学・道徳学と区分し、とくに知と意のバランスをとるのに情が重要だと位置づけられたからだ。

そうした美学の重視に着眼したひとりが森鷗外だった。明治二五（一八九二）年一〇月から翌年六月にかけて、エドアルト・ハルトマン（一八四二〜一九〇六）のÄsthetik（一八八六〜八七年）を抄訳して「審美論」として発表した。

一時は鷗外の美学はひっぱりだこで、東京美術学校や慶応義塾にも出講した。上野の美術学校へは本郷の自宅から軍服姿で、サーベルをさげ、馬に乗って通い、「美は仮象である」と頭ごなしにやったので、学生の評判は最低だった。

保治は、鷗外説をやや緩和して、つまり、鷗外が美の本質を抽象的理想(仮象的美)としていたのにたいして、具体的理想を美の本質と規定した(「審美的批評の標準」「六合雑誌」明治二八年八月)。

抽象的と具体的との差異を唱えたにしても、どこかに美の本質があらかじめ存在するわけで、どちらにしても美の本質は不確定で、主観的で、恣意的だった。

そんなあやふやな説が、一時であったにせよもてはやされたのは、古今東西の美術を併せて広く論ずる枠組みとして、便利に使えるかに思われたからだ。

当時それで多くの学生が迷惑をこうむった。漱石もそうしたひとりで、つぎのように述懐している(「正岡子規」「ホトトギス」明治四一年九月一日号)

「彼(子規)は僕などより早熟でいやに哲学などを振り廻すものだから僕などは恐れを為してゐた。僕はさういふ方に少しも発達せずまるでわからん処へ持つて来て、彼はハルトマンの哲学書(パリにいた叔父にたのんで送ってもらった「審美論」の原書)か何かを持込み大分振り廻してゐた」

だが、やはり化けの皮ははがれやすく、明治二九（一八九六）年一一月に出版された鷗外の評論集『月草』の序文で、鷗外自身がつぎのように憤懣をもらした。

「まだ審美学といへば己の名が出る。己の名が出れば、すぐにハルトマンの名が相伴つて来る。僕をハルトマン一点張の批評家として冷かすと共に、人を射るには先づ馬を射るとかいふ訳で、ハルトマンに対する攻撃さへ始つた」

ハルトマンと鷗外の名が傾き出したまさにその年、明治二九年から同三三（一九〇〇）年にかけて、保治はドイツへ留学し、その間にイタリアやフランスの美術館なども訪れ、美学を裏付ける見識を養い、帰国と同時に新設の東大美学科の教授に任命された。

帰国したのが七月で、四カ月後の一一月に保治は、哲学会で「美学の性質及其研究法」というテーマで講演した（活字化は「哲学雑誌」明治三四年六月）。

その狙いは、ハルトマンの受け売りにすぎない鷗外の「審美論」の全面的否定に置かれ、つぎのように結論づけられていた。

「美術に関する研究は大躰美術学と美術哲学と二ツに別れる、さうして其二ツは別々に分けて研究する方が利益と思はれる、美術学がまた美術の心理と美術の社会学と二ツに分れて両方とも十分に研究しなければならぬ、さうして美術の心理の方では唯美術の感化ばかりでなく美術を製作する心状を研究する事が大いに必要である、其上に又今日では不完全な社会学的研究を十分にやり遂げてさうして全体纏つた躰系を組立てたならば今日美学は美術家や批評家の間には殆んど三文の値打もないやうに考られて居る其墜落して居る信用を幾分か恢復することが出来るだらうと思ひます」

保治の提唱は、漱石の『文学論』の「時代精神」、それを明らかにするための社会学と心理学という点で、どちらも基礎をヘーゲル哲学に置いていたから当然だったが、まったく瓜二つだった。

保治はドイツ留学で、それまで読んでいなかったヘーゲルの『美学講義』を買って読み、また周りからヘーゲル哲学の要諦を教えられて、美にたいする研究法を、右の引用のように根本的に改めたわけだ。

彼が読んだ『美学講義』の原本のうちの第一部と第三部が寄贈され、東大文学部図書館に残されている（第二部は欠けている）。その表紙裏の保治の蔵書印には、机に向かう彼の後ろ姿が、先に亡くなった妻の楠緒子の名（IN MEMORIAM OTSUKA KUSUO）とともに刻まれ、楠緒子が保治を背後から見守るデザインなのがほほえましい。漱石と違って、書き込みは見られないだが、読んだ区切りを示す鉛筆の跡がかすかに残っている。

保治の帰国と漱石のロンドンへの出発は、同じ年の七月と九月で、ちょうど入れ違いだった。新しい美学研究方針について保治が講演したとき、漱石はロンドンにいた。したがって、漱石の思索に保治が影響を与えたとは考えられない。

お互いに独立の思索の成果だったと判定される。ただし、漱石のほうは、文学の目的から始まって、具体的な創作方法にまで及び、間口と奥行きがはるかに大きく深く、理論としての形を備えつつあったのにたいして、保治のほうは研究方針にとどまり、まったく内容的には比較の対象にならなかった。

それにしても、なぜほぼ同時に同種の発想になったのだろうか。明らかにその理由は、両人を含め文芸界が、鷗外の「審美論」にほとほと困惑していたからだ。つまり、期せずして鷗外への対案を求めていたからに他ならない。

漱石が『吾輩は猫である』で、美学者の迷亭と彼の叔父(旧幕臣)を登場させたのは、鷗外と叔父の西周、また子規と美学論をパリから送ってきた叔父をからかい、大塚保治、そして漱石自身も含めて、当時の上滑りの欧米文化の輸入を諷刺するためだった。

これに『文学論』冒頭の定義の「F＋f」をあてはめるならば、さしずめFはハルトマン受け売りの「審美論」、fは哄笑、時代精神は上滑りの文明開化ということになるだろう。

『文学論』の構成

その発想の動機と構築の経過を、留学先のロンドンの社会背景と関係づけて明らかにするため、そちらの分析を先行させ、それに集中する結果になってしまった。本来ならば、この章の冒頭で紹介すべきだった『文学論』の構成を、ここで要約の形で整理しておこう。

東大での講義は、留学からもどった九カ月後の明治三六(一九〇三)年九月から同三八年六月にかけて、二学年にわたった。翌年一一月にかけて、新しく九章(第四編第七章の「写実法」以下、全体のなかで約三割を占める)が追加され、同四〇(一九〇七)年五月に出版された。したがって、まったく言及はないが、『吾輩は猫である』や『坊っちゃん』などの実作の経験が多少とも反映されているとして、検討されねばならないだろう。

第一編第一章で、文学の内容の一般的な定義――「F＋f」が与えられる。これよりも基本的な概念がないところまで文学の内容を捨象し、詩・戯曲・物語・小説などのジャンルに捉われることなく、古今東西の文学を共通の地盤の上で論議可能にした。

それによって文学を享受するときの趣味(味わい方)の差異、それをもたらす文化の地域差と時代差を、より中立的に客観的に把握できるようにした。その結果、文学史と文学論に新しい地平が開かれた。漱石の思想である自己本位主義の根は、「F＋f」の検討を経て、張り巡らされたのだ。

第一編第二章から第二編第二章までを通じて、情緒について具体的に説明され、情緒は主として「読者の反応」によって生成されることが説明される。

作品の「F＋f」が、読者に伝染するというよりも、読者の内部において模擬(シミュレート)され、読者がすでに抱いていたプロトタイプ(原体験なり原物語)に照らして、拒否あるいは受容され、受容されたときにはプロトタイプに修正が加えられ、読者が新しいプロトタイプを抱くように変わっていく。

これは漱石がトルストイの伝染説をしりぞけ、一九六〇年代に提起され、今ではひろく承認される「読者反応説（リーダス・レスポンス・セオリー）」を、そして二〇〇〇年代に入って形成された「認知科学に基づく文学論」を、先取りしていた証明になるだろう。

第二編第三章では、「幻想」を与えることが、文学の第二の大目的として位置づけられる。わかりやすく言えば、誇張が重視される。

一九二〇年代のロシア・フォルマリズムが、読み手の注意を引くため、非日常的な表現の働きを強調した。「異化作用」などと呼ばれたが、現在では「フォアグラウンディング」（原義は目につくように前景に置くこと）とも呼ばれるが、「逸脱（ディヴィエイション）」と「繰り返し（パレレズム）」が二大手法だ。

『坊っちゃん』での「坊っちゃん」の生徒にたいする行動描写は、それらの見本になる。

第三編の「文学的内容の特質」では、文学と科学が対比される。ここまでで『文学論』を一旦しめくくることができる。文庫版の（上）もこの編で終わる。

なお第三編の冒頭で、言語の能力（文章の力）は、「無限の意識連鎖のうちを此所彼所《ここかしこ》と意識的に、或は無意識的にたどり歩きて吾人思想の伝導器となるにあり。即ち吾人の心の曲線の絶えざる流波をこれに相当する記号にて書き改むるにあらずして、この長き波の一部分を断片的に縫ひ拾ふものといふが適当なるべし」と、修辞法（レトリック）の要諦が指摘されている。

後半は、第四編の「文学的内容の相互関係」で始まる。文学における表現は、観念・印象・情緒の三要素のからませ方次第というわけだ。

今では「旧修辞法」としてくくられる連想、洒落、皮肉などが、第四編の第一章から第六章にわたって例示される。皮肉は「不対法（incongruous contrast）」（対でないこと、場面と行動そして言葉と実行などの不釣り合い）として、明快に説明される。

以下は、論調と文体がやや変わることで気づかれるように、講義されず刊行に際して加筆された部分だ。

第四編の第七章と第八章では、当時としては「新修辞法」に区分される「写実」と、「間隔」（作中の人物と読者とをどのようにして近づけるかの工夫）が取り上げられ、実例が紹介される。

最後の第五編は、補遺、そして英文学史による自説の検証と受け取れる。

漱石といえども、すべてに答えられたわけではない。白旗を掲げた問題は「結構（プロット）」だった。第四編第八章で、「余の浅学なる内容を説いて形式に及ぶ能《あた》はず、形式の局部に触れて結構の大本を詳説する能はざるは遺憾なり」と告白する。

プロット（原義は「置く」）は、事柄の起きた順でなく、表現の効果を高めるため並べ替えられた作為的な順序、それに従って物語が展開される、いわゆる「筋」だ。

不可解だが、なぜか漱石が内容と形式の一致にこだわって、筋と作中人物を関連づけようとして、混乱してしまったのが白旗の原因だ。刊行後あまり日が経たないうちに、実は、読者が不自然と感じなければ、プロットは自由なのに気づき悔しがったが、あとの祭りだった。

この一項目を除き、『文学論』の説くところは、いたるところ示唆的で有益だが、問題にたいする意識が欠ければ、猫に小判なのは仕方がない。

だが、それにもかかわらず、漱石が万人に伝えたかったメッセージを挙げるとすれば、文学と科学、それぞれにおける真にたいする考えではなかっただろうか。

第三編第二章の「文芸上の真と科学上の真」では、つぎのように述べられている。

「由来文芸の要素は感じを以て最とするものなるが故に、この感じを読者に伝へんとして伝へ得たる時吾人はこれに文芸上の真を附与するを躊躇せず。かのTurner《ターナー》の晩年の作を見よ。彼が画きし海は燦爛《さんらん》として絵具箱を覆したる海の如し。彼の雨中を進行する汽車を描くや溟濛《めいもう》として色彩ある水上を行く汽車の如し。この海、この陸は共に自然界にありて見出し能はざる底のものにして、しかも充分に文芸上の真を具有し、自然に対する要求以上の要求を充たし得るが故に、換言すれば吾人はここに確乎たる生命を認むるが故に、彼の画は科学上真ならざれども文芸上に醇乎《じゅんこ》として真なるものといふを得るなり。されどこの所謂《いわゆる》文芸上の真は時と共に推移するものなるを忘るべからず。文学の作品にして今日は真なりと賞せられ、明日は急に真ならずと非難を受くるもの多きは吾人の日常目撃するところにあらずや。これ**凡て「真」なるものの標準刻々に変じつつある**に拠るものとす」(強調は筆者)

なぜ右のくだりが漱石の究極のメッセージとして挙げられるのか。全体として『文学論』がピアソンの『科学の文法』に沿って書かれていて、その最終的なメッセージが、「前提が変われば理論が変わる」だったからだ。

引用の最後の「凡て「真」なるもの」には、漱石は科学の真も含めていたのではないか。そうでなければ、漱石はわざわざ真を括弧でくくらなかったのではないか。ここでは作家の漱石のニュアンスの微細な書き分けに充分に注意すべきだろう。

文学の真も科学の真も時代とともに変わるから、そのことも含めて人間の思考するところは何であるかを、過去から現在、そして未来にわたって広い視野のもとで評価し、将来のめざすべき方向を探り示唆する——「人文学」の必要性を、漱石はもっとも訴えたかったのではなかったろうか。

あらゆる分野にまたがるがゆえに、そのような役割は、それらを進める主体である人間の在り方を問う学問——人文学に期待しなければならない。

第五章　エゴイストの恋

『それから』の「それ」とは

漱石は、どういうつもりで小説のテーマを選んだのだろうか。まったくの行きあたりばったりではなかっただろうが、『三四郎』を終えるまでは、あちこち手を出した。よく言えば何でも書けそうで、あちこち方向を定めていなかった。

だが、明治四二(一九〇九)年、漱石は四二歳になり、朝日新聞入社から三年目、そしてロンドンでの構想から八年目にさしかかり、この辺で不動の声価を得て、ライフワークに取り組まねばならないと思ったに違いない。

漱石はあと七年で、自分が四九歳の若さで世を去るとは、もちろん思っていなかったから、ライフワークのためのテーマを、まだひとつにしぼりきってはいなかった。

中絶で終わった『明暗』を別にすれば、明治四二年以降――第一に『それから』『門』『彼岸過迄』『行人』の四つの作品を経て「自我」、第二に心理・社会・哲学にまたがる総合小説とでも言うべき『こころ』を通じて「時代精神」、そして第三に自伝的要素を含む『道草』を介して「家族の在り方」と――三つの意欲的なテーマを追究した。

平均すると一年に一作、執筆中は非常に神経を痛めつけたが、事前の内容の検討に時間が不足したとは言えなかった。

振り返って見ると、三つのテーマはひとつの流れになっていた。だから、むしろ系統的に熟考できただろう。

三つのテーマのうちどれが選ばれても、ライフワークに値するテーマになり得た。言うならば、漱石は三人前のライフワークを書き遂げたことになる。

それを承知で、なおライフワークのなかのライフワークとして、どうしても代表作一編を挙げるとなれば、結局『こころ』が選ばれる。三つのテーマが集約されていたので、漱石も反対しなかっただろう。

三つのテーマがひとつの作品に合流するところからも明らかなように、漱石にとって最大のテーマは、やはり「時代精神」だった。自ずからそういう結論が出てくる。

それに向かっての第一歩となる作品のタイトルとして、『それから』（掲載は明治四二年六月二七日〜一〇月一四日）が浮かんだ。

書く身にとっては束縛されないので好都合だったが、それでは読者にたいして、いかにもそっけなく、人を喰った感じを与えると思ったのか、予告を借りて、漱石はつぎのように弁明した。

「色々な意味に於てそれからである。「三四郎」には大学生の事を描《かい》たが、此小説にはそれから先の事を書いたからそれからである。「三四郎」の主人公はあの通り単純であるが、此主人公はそれから後の男であるから此点に於ても、それからである。此主人公は最後に、妙な運命に陥る。それからさき何《ど》うなるかは書いてない。此意味に於ても亦それからである」

確かに読者にとって「それから」は、「三四郎からあと」だったが、作者の漱石にとっては、「ロンドン構想からあと」、換言すれば「時代精神からあと」、つまり、ロンドン構想を実現するための作品、そちらに向かって、気を取り直しての再出発を意味した。

それにしてもなぜ自我の問題に、続けて四作も費やしたのだろうか。

日露戦争後の風潮として、新しい世代(明治のアプレゲール)が登場し、彼らが自我を唱え出した。それに新聞の読者が興味を抱くだろうと、漱石が見て取ったからだ。

新聞小説を書いて五年ともなれば、漱石が抱く読者像はつぎのように明快になっていた(「彼岸過迄について」明治四五年一月一日)。

「吾《わが》朝日新聞の購読者は実に何十万といふ多数に上つてゐる。其の内で自分の作物を読んでくれる人は何人あるか知らないが、其の何人かの大部分は恐らく文壇の裏通りも露路も覗いた経験はあるまい。全くただの人間として大自然の空気を真率に呼吸しつゝ穏当に生息してゐる丈だらうと思ふ。自分は是等の教育ある且《かつ》尋常なる士人の前にわが作物を公にし得る自分を幸福と信じてゐる」

こうした読者——教育のある普通の人々——に読んでもらえるのは願ってもないことだった。それだけに漱石はやる気満々だった。

しかし、実はそれだけではなかった。漱石が燃えていた背景には、もうひとつの秘められた年来の目的、作家として、また文学研究者として問い詰めたい問題が存在した。ロンドンでの構想、そしてその一環を占める『文学論』の刊行を通じて、「文学は時代精神を表す」と世に問うてきた。「時代精神」を進歩させるのは、F＋fとF′＋f′との差異、つまり、意識、文学の内容(観念や印象と随伴する情緒)、集団意識と個人意識、それらの在り方の多様性だった。

まさに精神の多様性は、根源的には個性の差異、自我の差異に発していた。漱石はそれを是非とも確認しておく必要があったのだ。

残念なことに、もっぱらこの最後の点に的をしぼって、漱石が詳しく徹底的に論じてくれているわけではない。参考になるのは学習院での講演、「私の個人主義」(大正三年一一月二五日述)しかない。そこで語られる利己と利他の折り合いのつけ方が、遠まわしだが、広く、公けに、語られた唯一の証言だ。

小説では正面からそこまでずばり扱っていない。いまだに誰も扱っていない難問だから仕方がない。強いて求めるならば、『行人』の結末を基に導き出せる「間主観性」の問題、その入口に漱石が立っていたことぐらいだろう(後の節で述べる)。

このように、問題が未解決で、取り組むだけの外的要因と内的要因の双方が漱石には存在した。だから、自我というテーマに四回もくいさがって、当然だった。

我を自覚させた社会

自我を扱った四編の連作の主人公には、共通の特徴が見られる。

彼らのうちの二人は働いていない。『それから』の代助は、遊んで暮らせるだけの金を実家から毎月もらっていた。『彼岸過迄』の市蔵には父の遺産があった（なおここでは、『彼岸過迄』のなかで、市蔵と彼に関連する部分しか扱わない）。

一応他の二人は勤め人だが、『行人』の一郎は大学教員だった。また『門』の安井は、京都の大学を中退し、広島や福岡で糊口をしのいでいたが、友人の世話で役所のしがない下級事務員として、やっと東京に戻れたという経歴で、どちらも出世競争から、完全にはずれていた。地位の昇進のため、属する組織の利害に忠誠を尽くす必要がなかった。生活の資を他から得ていても、どちらも経済的には、いわば独立していた。

自我とは、ラテン語での第一人称エゴの訳で、自と我を重ねた訳語だが、同一性、連続性、主体性の三つが要件とされる。それらによって、他から区別される、独自の感情をもち、一貫した、矛盾しない、判断を下す自分（私）が自我だ。

他から区別され、いつも変わらなくても、独立に判断が下せなければ、自我たり得ない。その点からして、経済的な自由度が、自我にとって最重要の要件になる。

さらに加えて、独立をうながした条件として、家族内での位置、とくに父との関係、主人公の父にたいする軽蔑などが挙げられる。

代助の父は、幕末には徳川親藩から京都へ派遣され、刃の下をかいくぐったらしいが、明治になってから実業界へ転進して産を成し、妾を囲い、旧藩主から頂戴した「真者天之道也（まことはてんのみちなり）」と書かれた額を飾る。この額を代助はひどく嫌った。

彼が父を嫌悪したのは、人格的に表と裏がくいちがっていたからだ。彼の言いつけに従えば、どんな目にあわないとも限らなかった。事実、事業が傾くと、父は代助に資産家の娘との結婚を迫った。それを代助が拒否したので、生活費を絶たれる。

『門』の安井の実家は、すでに父はなく、彼が弟の教育費の面倒をみなければならないほど傾いていた。家が彼の身の振り方を制約するどころではなかった。

他方、『彼岸過迄』の市蔵は母の実子ではなかった。亡父が家事手伝いの女性に産ませた子だった。そして『行人』の一郎は長男で、とっくに父は他界していた。

いずれにしても、四人とも家父長による縛りがないか、あったにしても弱かった。そのため、この時代お定まりの就職事情――家父長が当人の就職のため有力者に口利きをたのみ、その恩義のため当人が就職先に忠誠を尽くさねばならず、主体性を犠牲にしなければならない――そんな世のしがらみとは、無縁の存在だった。

そして彼らは、読んで字の如くの「遊民」と呼ばれた。彼らを遊ばせておくだけの経済的余裕が社会にあったと言えば、明らかに言いすぎだろう。だが、全体からすれば無きに等しかったとはいえ、ごく一部では不可能ではなくなっていた。

日本経済全体の規模が大きくなっていた。日本の資本主義は、維新からおよそ二〇年間にして、早くも一八九〇年頃には体制を整えた。つぎの三〇年間、一九二〇年までは、発展期と見ることができる。

発展期の三〇年間の三分の二が過ぎた明治四二（一九〇九）年に、『それから』が書かれた。まずこの時期の意義、日本近代化における経済的社会的意味合いの大きさを、しっかりと念頭に置かねばならない。そうでないと、自我の問題性は理解できない。

この三〇年間に、日清戦争（一八九四～九五）、日露戦争（一九〇四～〇五）、第一次世界大戦（一九一四～一八）と、大きな三つの戦争を契機に、膨大な政府支出（外債と国債と増税、もちろん最終的には国民全体の負担）によって、経済の大幅な工業化が推進された。

経済規模の尺度として、農林水産と工業（工場制＋家内制）の産額（単位一〇〇万円）を用いる。一八九〇年の値は、六九〇、二二八（一五七＋七一）だった。それにたいし一九一〇年の値は、一四四九、一五三二（一〇四八＋四八四）へと増大した。

名目値で、一八九〇年にたいし一九一〇年は、総額では三・二倍、工場制工業では六・七倍と、大きな伸びを記録した。

この間の物価の上昇（一・六五倍）を考慮した実質値でも、それぞれの伸びは、二倍と四倍に達した。

約二〇年間にパイ（規模）が実質で二倍になったが、つぎにそれを誰がどういう率で切り取っていったかを考えると、高配当の株への投資家が筆頭に挙げられる。

『二一世紀の資本』のトマ・ピケッティが、産業革命以降の欧米における経済格差の原因を追究して、ｒ利率（金利や株の配当率）とｇ労賃上昇率の開きを導き出した。

それが一九一〇年頃の日本にもあてはまるとして、相当する数値を探すと、好況時の紡績株、電力株、ガス株の配当率、そして物価上昇率（あり得なかったが、物価とともに労賃も上昇すると仮定する）が該当する。

戦争景気でわく明治三八（一九〇五）年の鐘ヶ淵紡績と倉敷紡績の配当率は、それぞれ五〇％と二〇％を上回った。ただし日露戦争後の不況では、それぞれ二〇％と一〇％へと低下した。

物価（労賃）上昇率は二〇年間に一・六五倍なのにたいして、株による収入（額面＋配当、株価の変動は上下するから考慮外とし、代わりに額面不変を想定する）は一年間に一・五ないし一・二倍だから、いかに配当による儲けが「濡れ手に粟」だったかがわかるだろう。株価の変動を避けて、低リスク低リターンの東京電灯や大阪ガスの株を選んでも、一年で一・二倍ないし一・一倍になった。

米の収量が増加し、小作料率(通常は五〇%)が変わらなかったため、地主の収入が増し、資金に余裕が生じた中以上の地主が、健全な水力電気株などに投資すれば、その次男坊は東京で遊民生活が送れた。

ただし、自己資金でなく、借金して相場(株価や商品先物価格の変動による差益)に手を出せば、見込みが狂うと、借金が返せなくなり、ヤケドを負いやすかった。漱石の岳父が最晩年に生活に窮したのは、これが原因だったと見られる。

このように、自我を叫んでも有名無実にならない経済的基盤が備わりはじめるにともなって、自我とは何かの追究が深まったのだ。

日露戦争が終わって約一〇年後の大正五(一九一六)年には、朝永三十郎の『近世における「我」の自覚史』が刊行された。単なる「我の歴史」でなく、「自覚の歴史」だったところに注意したい。つぎの目次が示すように、中身は本格的で、ベストセラーになった。

1　「ルネッサンス」における「我」の発見　2　中世における教権中心主義

3「我」と教権――神秘説　4「我」と国家――立憲政治運動　5「我」と理知――主知主義及びこれに対する反動　6「我」と自然――機械観的人生観及び世界観　7多数個「我」間の紐帯の喪失　8超個人「我」の発見――カント　9超個人「我」の絶対化――「ロマンティック」期――理想主義の全盛　10「我」の自律の否定――理想主義の没落――自然主義の跳梁　11「我」の自律の回復――新理想主義　12ドイツにおける新理想主義――西南ドイツ派　13要約――理性我の自律

章の立て方が明治・大正の日本に即していただけでなく、中身は百年後の今でも魅力的で読みたくなる。

右のような「我の自覚史」が、日本社会で広くわきまえられていれば、いまもって皆が腹を立て続けることはないのだ。何という時間の社会的無駄遣いだろうか。歴史に学ばないのは、実に怖ろしいことだ。

これらの内容は、朝永が留学からもどった大正二(一九一三)年の夏から、講演を通じて準備された。

日露戦争後は、自我がブームだったのだ。我を自覚させ、それに曲がりなりにもリアリティをもたらしたのは、日露戦争後の経済的、社会的、文化的な状況だった。他に先がけて、そこに漱石が着目した。さすが鋭いと評価されるべきだろう。

なおここでとくに『近世における「我」の自覚史』に注目するのは、第一に、自我問題が当時のトレンドだったことのマークとして、第二に、漱石の自我観の社会的評価のための参考軸として、そして第三に、自我をめぐる四つの作品が当時の読者にどのように受容されたかを知る反射鏡として、唯一とも言える証拠資料だからだ。

目次を一覧すると、時代が下がるにつれて、つまり、7章以降が示すように、当時まさに世界的に「自我による自律」が衰退し、その「回復」が求められていたことが一目瞭然だ。漱石はそうした世界的潮流の只中に自分を置いていたことになる。

12章の「ドイツにおける新理想主義――西南ドイツ派」は、つぎのように締めくくられていた。

「自己の本性を意識すること、即ちこの人格の尊厳、即ち自己の内における良心の権威を認むることが、真の「我」の自覚である。それ故に真の自覚には、いかなる外的威力のためにも、いかなる外的強制のためにも、この権威を曲げてはならぬ、といふ意識が伴ふてを《ママ》らねばならぬとともに、また自然我即ち個人的の利害、好悪、愛憎等のためにもこれを傷けてはならぬ、といふことが含まれてゐる。真の自覚は普遍妥当的な規範意識に根底を有せねばならぬから、狭い自然我の主張でなくして、却つて超個人我によつてのそれの克服規正でなければならぬ」

もちろん右のまとめは、朝永が留学を通じて学び思索した成果だ。だが仮に朝永が哲学者ではなくて、思考力を備えた一知識人として、漱石の自我についての作品の読後感を、右のように綴れたかどうかと想像すると、可能だったと答えられるだろう。その意味で、朝永が漱石の反射鏡になるというわけだ。

漱石の期待に応えられる読者が確かに待っていたから、漱石が自我の問題に大きな力を注いだのは当然だった。

三角関係はエゴイスト

ひとくちに自我と言っても、世間で肯定される場合と否定される場合がある。

自我に基づく行動や考え方について、肯定される場合は個人本位主義（個人主義・インディヴイジュアリズム)、否定される場合は利己主義(エゴイズム)と、呼び方が変わった。どこがどう違うのか。

漱石の作品では、生半可な抽象的な定義などによる区別ではなく、主人公の具体的な行動の描写によって明瞭に区別された。

もちろん経済上や政治上の利己主義にはあてはまらないが、自らが三角関係(それに類する男女関係)を主導したのであれば、それは個人主義にとどまらず、利己主義へ転落した証拠として描き出される。

『それから』の代助は、友人の妹の三千代が好きだったが、大学の同窓の平岡に譲った。平岡は最初の関西の銀行での勤め口を、上司の代わりに引責辞職して失い、東京へもどってきて、実業界のゴシップをあばく新聞の記者になった。久しぶりに代助が会った三千代は心臓病でやつれていたが、代助は自分のほうが平岡より先に好きになっていたのだなどと、自分で自分に言い訳して、三千代と密会を重ねる。

三千代と平岡と代助の三角関係の発端は代助だ。積極的だったのはもっぱら代助だった。自宅へ呼び寄せた三千代が代助の胸中に落ちるように、部屋には香りの強い白百合の花を活け、用意していたとしか思えない言葉でくどいた。それはつぎのように身勝手なものだった(地の文をはぶき必要な対話のみを引用)。

「僕の存在には貴方が必要だ。どうしても必要だ。僕はそれだけの事を貴方に話したいためにわざわざ貴方を呼んだのです」

「僕は三、四年前に、貴方にそう打ち明けなければならなかったのです」

「何故棄ててしまったんです」

「僕が悪い。勘忍して下さい」

「残酷だわ」

「僕は今更こんな事を貴方にいうのは、残酷だと承知しています。それが貴方に残酷に聞こえれば聞こえるほど僕は貴方に対して成功したも同様になるんだから仕方がない。その上僕はこんな残酷な事を打ち明けなければ、もう生きている事が出来なくなった。つまり、我儘です。だから詫《あやま》るんです」

語るに落ちているが、自我を満たすため代助は、女性を残酷な目にあわせるのも辞さなかった。個人主義を通り越して彼は、明らかに利己主義へ転落していた。

読者は世間的な暗黙知を通じて了解済みと思ったためか、いちいち作品においてそこまで微細に心理の経過を漱石は書かなかったが、『文学論』での嫉妬についての分析、そして後述の『こころ』での先生のKにたいする嫉妬の描写などからも推定できるように、漱石は、つぎのように三角関係を認識していた。

自我のために、男性がいきなり素直に女性を好きになるとは限らない。他人(友人)がその女性を好きになると、あらためて彼女の好ましさに気づく。そこで彼女を奪われまいとして、自我を抑えて彼女を好きになる。その結果、一人の女性と二人の男性の間に三角関係が生ずる場合が多いというわけだ。

『それから』の代助も『こころ』の先生も、そうした経過を経て友人の愛人を好きになった。同じようにして『門』の宗助も、友人の安井の同棲者だったお米を誘惑した。

そこに至る手前で我を通そうとして張り合っていたのが、『彼岸過迄』の市蔵だった。周りが結婚を期待する千代子を避け、それでいながら彼女の近くに現れた高木には嫉妬し、市蔵はそれを千代子からなじられた。

そして『行人』の一郎に至ってはかなり病的で、妻の貞節を疑って、それを確かめるため彼女といっしょに弟の二郎を外泊させた。

個人主義者の正体が利己主義者かどうかは、女性にたいする態度に如実に現れると漱石は認識し、作品のなかで個人主義者と利己主義者とを分けるフィルターとして三角関係を使った。それに従えば、自我をテーマとする四作品では、いずれの主人公もエゴイストだった。個人主義者は利己主義者になりやすいと、漱石は想定し、そのように描いた。

自我の淋しさに耐える

三千代との関係を平岡が代助の実家に密告し、代助は父からも兄からも縁を切られ、生活費を得るため、彼は職探しに街へ駆けだす。目の先はすべて赤く燃えていた。

これが『それから』の結末で、代助の「それから」は予告の通りで書かれていない。「それから先は読者がシミュレートせよ」というのが漱石のメッセージで、どの作品でも一貫していた。

小説の書き方がへたくそで、結末がつけられなかったわけではない。一部の評論家がさも得意そうに、そんなふうに指摘するのは大きな間違いだ。

いかなる事態も、どこかで終わりはしないのだ。だから、時代精神は進歩する。漱石はヘーゲルに従って、そう信じていたのだ。

それが彼の思想だった。当然ながら小説でも作者がとってつけたように終わりを告げるのは僭越至極で、誤りだと漱石は信じ、それを主義として守りぬいた。

漱石の小説を読んだあと読者としては、そのあと作中人物がどのような事態に耐えていくだろうかと、想いを馳せることが大切だ。それをうながすのが、彼の作品の大きな値打だろう。『門』の宗助は、鎌倉の円覚寺での座禅も空しく、悟りきれずに、妻のお米が待つ家にもどる。小説は宗助とお米のつぎのようなやりとりで終わる。

「本当にありがたいわね。漸くの事春になって」といって、晴れ晴れしい眉を張った。宗助は縁に出て長く延びた爪を剪《き》りながら、

「うん、しかしまたじき冬になるよ」と答えて、下を向いたまま鋏を動かしていた。

『彼岸過迄』の市蔵は、千代子と行き違うのは彼のひがみのためで、それは彼が母の実子でないからと叔父に明かされ、自我について反省させられ、つぎのように洩らした。

「……お話を聞いてすべてが明白になったら、かえって安心して気がらくになりました。

もうこわい事も不安な事もありません。その代わりなんだか急に心細くなりました。さびしいです。世の中にたった一人立っているような気がします」

ちょうど卒業試験をすましたので、市蔵は気晴らしのため旅に出る。旅先からの手紙で、すべてを自我にひきつけて受け取り「とぐろを巻く」のをやめ、今後は「考えずに観る」ように「改良された」と伝えてきた。だが、それから一年後には、まったく改まっていないことが物語られる。

「君はますます偏屈に傾くじゃないか」とからかわれても、「どうも自分ながらいやになる事がある」と、自分の弱点を承認するだけだった。

物語の構成では、「改まった」が後段で、逆に「ますます偏屈になった」がはるか前のほうで述べられるので、漱石が混乱したのだと、まことしやかな裁定的批評が一時流布された。漱石の混乱は、短編を並べて長編とする構成が原因だと解釈された。

だが、その後この裁定は否定された。漱石が混乱したわけではない。それが証拠に、やはり一貫して市蔵の千代子にたいする態度は変わらなかった。つまり、改まったようで、改まらず、利己主義の問題は繰り返すのが常なのだ。

そこで同じできごとを繰り返し書くのではなく、物語の終わりを物語の始めにつなげて、つまり、物語が循環することを示し、それによって、終わらないことを読者が読みとるように仕向けたわけだ。異なる短編で、別々に語られるので、それが可能だった。

注意深い読者ならば、人物の行動のひっくり返しは、事柄の強調のため作者が仕組んだ異化作用だと気づくべきだろう。

物語の循環（リング構造と呼ぶ）は、漱石が大好きなスターンの『紳士トリストラム・シャンディの生涯と意見』から学んだと推定される。漱石は留学前の熊本時代に、奇怪なスターンの作品について論じ、頭と尾の区別がつかない「ナマコ」のようだと評していた。

この表現法をさらに変化させれば、さまざまな場合を描くことができる。同一の人物について反復されるだけでなく、前世代の行動が次世代の行動に引き継がれる場合もあるだろう。また反復とは限らず、同じ問題で、次世代が前世代とは異なる行動を起こすかもしれない。前世代は、次世代に違う答を出すのを、期待できるのではないか。

そのようにして時代精神は進歩していくと漱石は考え、それを表現するため、短編の積み重ねによる長編という構成（短編連叙）を採用したのだろう。

その実験が『彼岸過迄』において試みられ、『こころ』では、上「先生と私」、中「両親と私」、下「先生と遺書」の三部構成として、本格的に採用されることになった。

なまじ自我に凝り固まると、他者から遠去かるばかりで、ますます孤立して淋しくなるだけだ。自我には淋しさは不可避なのだ。

第六章　私を意識する私はどこに

孤独の下降スパイラル

自我固執の苦しい孤独から抜け出すには、何かうまい手があるだろうか。

宗教にすがっても助かるとは限らない。『門』の宗助がそうだった。『こころ』ではKも先生も自殺する。しかし自殺は孤独を感ずる心身が働かなくなるのであって、孤独から抜け出すのとは違う。残る手は精神異常になるしかない。

その最後の手の成否を漱石は、『行人』で追究した（新聞連載は大正元年一二月六日〜同二年四月七日、中断のあと、九月一六日〜一一月一五日）。以下では、この作品のうち主人公の一郎に直接関連する部分のみ、つまり、冒頭の「友達」を除き、「兄」「帰ってから」「塵労」（中断後の加筆部分）を扱う。

行人は旅人を意味し、弟の二郎が語る兄の長野一郎の極端に自己中心的な生き方を通じて、知識人の孤独を描くなどと要約されてきた。

だが、漱石の究極のメッセージは、それをはるかに超え、深遠であり、現代哲学の焦点である「自己と他者との関係の問題」——「間主観性の問題」へとつながっていた（この点については、つぎのつぎの節で述べる)。

漱石は不名誉な中断を避けたかっただろうが、胃潰瘍が一段と悪化し、書き続ける力を失った。なぜ胃潰瘍が悪化したか。

作品の結末をつけるのに悩み抜き、三度目の神経衰弱を激化させ、三年前の、いわゆる大患で、一時は人事不省に見舞われるほどの出血をまねいた胃を、またしても痛めつけてしまったからだ。明らかに中断の原因は、作品の行き詰まりだった。

主人公の一郎の動静を語る人物として、弟の二郎(作中での「自分」)が設定されるが、弟が兄の病状を語るという構成が損なわれてゆく。それが中断の原因だった。

兄の一郎には、徹底して自我を押し通すエゴイストの役割が与えられる。彼は人間関係、社会事象、文化現象のすべてについて、他人を信じられず自ら判断せずにはいられない。

極限状態として、妻の直が弟と通じていると、疑いをたくましくする。ついに彼らに一夜を共に過ごさせ、結果を報告せよと二郎に迫る。すでに指摘したように、個人主義が昂じて、完全に利己主義に病的に変質した証拠だ。

何も起こらなかった結果を二郎がどう報告するかと、読者は引き込まれる。だが、同じ屋根の下で暮らしながら二郎はなかなか報告せず、家を出て下宿しようと思い始める。

直も二郎も潔白だから一郎へ報告しないのか、それとも二郎が一郎との対決を避ける腰ぬけのためか、読者が決めかねていると、神経衰弱が昂じたための一郎の「幻想」をめぐって、二郎と一郎が口論する(二郎と一郎の対立を際立てるため、地の文をはぶき対話のみを引用)。

「僕の報告から、貴方の予期しているような変な幻は決して出て来ませんよ。元々貴方の頭にある幻なんで、客観的にはどこにも存在していないんだから」

「二郎」

「何です」

「もう己はお前に直の事について何も聞かないよ」

前章の代助が三千代をくどく会話も、誰にもちょっとやそっとでは書けないが、右のくだりも、何でもないような言葉で、取り返しのつかない対決をずばり表現していた。

こうした会話を書けたから、日本語文では前例のない高度に知的な内容を、漱石はわかりやすい文として書くことができたのだろう。

一郎も自分の神経衰弱に気づいているが、どうすることもできない。もはや二郎には、一郎の意識の状態は外部から類推するしかなくなった。

一郎が内心の状態を洩らしてくれなくなったからだ。しかも一郎の意識は乱れているから、つかみようがなく、二郎は語り手であることができなくなった。

小説は構成が狂い、展開不能になり、漱石は中断に追い込まれてしまう。五カ月に及ぶ休載の間、これまでも問い詰めてきていただろうが、一郎をどうやって神経衰弱から解放し、再発を防ぐか、漱石は考え続けただろう。

最初の構想では、第三部の「帰ってから」で終える予定だったが、第四部として「塵労」(煩悩による心労)が加筆された。

そこで描かれるのは、友人のHと出かけた旅先で、一郎が雨を冒し絶叫しながら駆けまわるといった身体的解放、そして意識から私(自我)を消すための自然の営みへの没入だった。Hは自力で回復しようともがく一郎の努力にすべてをまかせる。そうした経過を淡々と二郎へ手紙で伝える。

このように小説の表現形式をがらりと切り替えることで、二郎の語り手失格の問題も解消された。「帰ってから」のとげとげしい詮索的な対話や心理描写とはまったく対照的な、ゆったりとした、いたわるような、問いかける文体に変えられた。クライマックスへ読者を追いあげるのではなく、カタルシス（発見による逆転・解放・浄化）へ誘った。

最後に漱石がたどりついた、自我のいまわしい下降スパイラル（とぐろ）からの脱出策は、すでに『門』の結末の縁側での宗助とお米とのやりとりとして、さらりと表現されていたが、文字通りの「看護」、看て護ることだった。

大患で漱石が周囲から受けた暖かい看護が身にしみたことが、そう結論させたに違いない。我の強いことで人後におちなかったさすがの漱石も、ついに折れたのだ。実に痛切な「それから」――終わりなき結論――だった。

私を意識する私はどこに

『行人』に先立つこと四年、『三四郎』の執筆準備中、明治四一（一九〇八）年七月三〇日付の手紙で、漱石は鈴木三重吉につぎのように書いていた。

「水を浴びて漸く凌いで見たがすぐからだがほてつて気が遠くなつて仕舞ふ。そこへもつて来てエルドマン《ママ》氏のカントの哲学を研究したものだから頭が大分変になつた。どうかトランセンデンタル・アイに変化して仕舞たいと思ふ」

これは神経衰弱の再発を訴える危険信号だった。猛暑とカント哲学の難解さをぼやくのを通り越していた。

漱石は少なくとも三度、かなり重症の神経衰弱に見舞われた。一回目は明治二七（一八九四）年から二八年にかけてで、漢文学と英文学の折り合いがつかなかったのが原因だ。

二回目は明治三四（一九〇一）年から三七年にかけてで、「文学とは何か、何のために在るか」（『文学論』）で悩んだのが原因だ。

三回目は『三四郎』の準備段階から兆しはじめ、『それから』『門』『彼岸過迄』と書き継ぐ間に症状が表面化し、ついに『行人』の執筆で抑えきれなくなった。明治四五（一九一二）年から大正三（一九一四）年にまで及んだ。自我をめぐって、人間関係と意識の様態との関わりに深入りしてしまったのが原因だ。

小説を書き出す前は意欲と構想が膨らみ、意識にはさまざまな表象（言葉・イメージ・音など）が激しく交錯し、意識が統制不能になった感じに襲われる。意識を問うから神経衰弱になり、神経衰弱になるからますます意識を問わずにはいられなくなり、この悪循環が、漱石の業病と化してしまったのだ。

手紙で漱石が変身したいと書いた「トランセンデンタル・アイ」とはいったい何だったのか。それは「超越論的な私」を意味するが、「アイ」であって、「イッヒ」でないところから、出所を、英語によるカントの『純粋理性批判』の研究書か解説書の類だとすると、類書が多すぎて特定できない。原書の「イッヒ」を、ドイツ語を知らない者のために漱石が「アイ」に翻訳していたとすれば、ベンノ・エルトマン(一八五一〜一九二一)の著作そのものを読んでいたことになる。

そうだとすれば、出所はエルトマンの『純粋理性批判の初版と第二版におけるカントの批判主義』——Benno Erdmann, Kant's Kriticismus in der ersten und zweiten Aufgabe der Kritik der reinen Vermuft, 1878(東北大学「漱石文庫」にはないが、一九七三年復刻版あり)と同定される。

この厄介な問題と漱石が格闘したのは——慣れていないので厄介と感ずるだけだが——実はこれが最初ではなかったのかもしれない。

というのは、明治二九(一八九六)年に刊行された清野勉の『韓図純理批判解説』(韓図はカント)の最後の章、三四五ページ以降でかなり詳しく紹介されているからだ。だが、これを漱石が読んでいたかどうかは断定できない。

現代の読者のため、元のカントの『純粋理性批判』と関連づけると、意識をコントロールする「統覚」——脳の部位の名前ではない——と呼ばれた純粋概念が、「超越論的な私」に該当する。

漱石は、自分がそれになり変わり、意識をコントロールして、神経衰弱の原因の意識の錯綜混乱を消し去りたいと、悲痛な叫びをあげたわけだ。

それは可能か。先に答を明かしておこう。それはできない。そもそも統覚は実体としては存在しないのだ。

経験的事実をいっさい交えずに、たとえば心は不変の実体で、外的対象と関わりをもち、統覚によって支配されるなどと、定義した概念だけを組み合わせた「理性心理学」によって心を議論すると、例外なく必ず誤る。これがカントの結論だ。

その種の誤りを「誤謬推理（パラロギスムス）」と呼び、避けられないとして、つぎのようにカントは指摘した。

「これは人間の詭弁ではなくて、純粋理性そのものの詭弁であり、人間のうちの最も聡明な人すらこの詭弁から免れることはできない、なるほどいろいろと努力したあげく、誤謬を防ぐことはできても、しかし彼を絶えずさいなみ嘲けるところのかかる仮象を、決して完全に脱却することはできないのである」

えてして誰もが「私を意識する私」が存在すると考えがちだが、「私を意識する私」のうちの後者の「私」が「超越論的な私」に当たる。つい「私を意識する私」などと考えてしまうので、カントが聡明な者でも誤ると注意したわけだ。

漱石もまた同じ誤謬を犯したのか。いや漱石は、それに成り変わることは不可能だと分別していた。しかしそれでも、もし可能であれば成り変わりたい――私を超越してしまいたい――と、それぐらい強く願望していたのだと、分析できる。

というのは、漱石が読んだエルトマンの本では、『純粋理性批判』の初版と第二版との間で、「理性心理学に伴う誤謬推理」に関する所説には変更がないから、「超越論的な私」はあり得ない、ナンセンスとするカントの結論に変わりはないと、明確に校訂し確認しているからだ。

エルトマンは、校訂結果の理解を助けるため、「超越論的な私（トランスツェンデンタル・イッヒ）」と「論理的な私（ローギッシェ・イッヒ）」という新しい呼び方で区別する（復刻版五三ページ）。漱石の手紙の「超越論的な私」の出所は、やはりここに違いない。

あくまでも「理性心理学」での議論だが、「超越論的な私」は、議論の大前提で、それ以上はさかのぼることができない概念で（経験できない概念なのでカテゴリーと呼ぶ）、その意味で超越的な概念なのだ。それにたいして、意識のなかに表象、つまり、客体として出てくるかのように思われる私は、カテゴリーから演繹される論理的派生概念なので、「論理的な私」というわけだ。

エルトマンは、「私自身から、論理的な私を通じて、超越論的な私へ進む」と、三者を関係づける。「論理的な私」と「超越論的な私」は、超越論での客体と主体であって、どちらも正体不明だ。いずれも純粋理性の思考の産物で、実在しない。

要するにこの種の議論は、デカルト的な心身二元論の変型にすぎないのだ。

念のためだが、ヘーゲルの原理、「自由を求める精神によって進歩する」は、そもそも心身二元論を克服するために編み出された。このことを念頭におけば、漱石の苦闘をより身近に感ずることができるだろう。

「間主観性」の入口に立つ

カント哲学を多少かじった者でも、「アンチノミー、二律背反」なら知っているが、「理性心理学」の「誤謬推理、パラロギスムス」は聞いたこともないと答える。

アンチノミーのほうは、「世界は空間的時間的に無限、有限、どちらも成り立つ」、あるいは「世界は自由、すべて必然、どちらも成り立つ」の例によって、知られやすいからだ。

パラロギスムスのほうは、批判の体系の枝葉末節、いわば例外として扱われ、どこで述べられているか、見当もつかないだろう。実はアンチノミーの隣で詳述されている。

漱石の自我に関する追究がどれほど徹底的だったかは、「超越論的な私」の詮索がよく示している。これより先はまさに思考不能という極限まで追究されたのだ。

漱石が語り、書いたのは、考えつめた範囲のかなり内側であって、全般的にかなり慎重だったと思ってかからねばならないだろう。

他人を信頼せず、自分の考えの正しさを自分のみで確かめようとすると、自分が自分を問い質すことになる。自分を確かめる自分を、さらに自分が確かめる「自己言及」にはまる。自分のなかで循環が止まらなくなる。無限にさかのぼる。

無いものが無いものを、仮象が仮象を、幻が幻を追っているのに等しい。

誰もが、日常的に、気軽に「自意識」とか「エゴイスト」などと口にするが、漱石が検討していたように、何か裏付けがありそうで、実は無いのだ。

他方、早くから『吾輩は猫である』などで漱石は、エゴイストばかりになれば、世の中は成り立たないと、登場人物に語らせてきた。

　では、「私」をどう見るべきなのだろうか。現在では、主観が単独で孤立して存在するのではなく、他者の主観との交流を通じて、他者と自己が共同的に働くと考える。この考えを「間主観性（インターサブジェクティヴィティ）」と呼ぶ。

　具体的に言えば、周りの人々の自分にたいする感じ方、かけてくる言葉、しかけてくる行為、さらには世間の噂や評価などによって、彫りあげられた像が「私」だ。お互いに、「周り」ばかりがあって、その重なり合いに「私」が生じているにすぎない。

　そう考えると、それぞれの自我は存在するようで存在せず、確かにあるのは相互の関わりしかないとなってくる。

　漱石の人物の彫り出し方には、とくに自我を描き出す場合に、そのように感じさせるところがある。早い話が、三角関係でエゴイストぶりを描くのがそうだ。また『行人』で言えば、一郎の症状がＨの手紙によって、つまり、一郎の振る舞いとＨとの関わりとして二郎に伝えられ、その結果を読者が受け取るというように、中断のあと、表現法をがらりと変えたのが、典型として指摘できる。

　説明を重ねるならば、途中から一郎はＨによって彫られ、それによって存在するようになった。この表現法の変更は、漱石が間主観性をあらためて痛感させられた結果であったし、読者にそれを感じ取ってもらうためだったと解釈できるだろう。

学習院での講演「私の個人主義」の結論に近づいたところで、漱石は利己と利他の折り合いの必要性をつぎのように強調した。

「個人の自由は先刻《さっき》御話した個性の発展上極めて必要なものであって、その個性の発展がまた貴方がたの幸福に非常な関係を及ぼすのだから、どうしても他に影響のない限り、僕は左を向く、君は右を向いても差支ない位の自由は、自分でも把持し、他人にも附与しなくてはなるまいかと考えられます。それが取も直さず私のいう個人主義なのです。金力権力の点においてもその通りで、俺の好かない奴だから畳んでしまえとか、気に喰わない者だから遣っ付けてしまえとか、悪い事もないのに、ただそれらを濫用したらどうでしょう。人間の個性はそれで全く破壊されると同時に、人間の不幸も其所《そこ》から起らなければなりません。たとえば私が何も不都合を働らかないのに、単に政府に気に入らないからといって、警視総監が巡査に私の家を取り巻かせたらどんなものでしょう。警視総監にそれだけの権力はあるかも知れないが、徳義はそういう権力の使用を彼に許さないのであります。

または三井とか岩崎とかいう豪商が、私を嫌うというだけの意味で、私の家の召使を買収して事ごとに私に反抗させたなら、これまたどんなものでしょう。もし彼らの金力の背後に人格というものが多少でもあるならば、彼らは決してそんな無法を働らく気にはなれないのであります。

こうした弊害はみな道義上の個人主義を理解し得ないから起るので、自分だけを、権力なり金力なりで、一般に推し広めようとする我儘に外ならんのであります。だから個人主義、私のここに述べる個人主義というものは、決して俗人の考えているように国家に危険を及ぼすものでも何でもないので、他の存在を尊敬すると同時に自分の存在を尊敬するというのが私の解釈なのですから、立派な主義だろうと私は考えているのです」

このようにずばり権力や金力の濫用を批判したのが、大逆事件(次章にて後述する)のあと、そして『こころ』を書きあげたあとだったことを想起すべきだろう。書けなかったところを、一般的な道徳的戒めにかこつけて語ったのだ。

そして、自我の成り立ちの社会性、換言すれば、ほとんど間主観性に及ぶまで、当時としては極限まで考えつめた上で、だが、実際には、社会的実践としては、穏当な程度まで緩めて、利己と利他の折り合いで妥協していることを、斟酌しなければならない。

当時は個性強調の坂を昇りはじめた段階で、「私を意識する私」はどこにも存在しないとか、自我否定とも曲解されかねない間主観性について、漱石の脳裡では気づかれていたにしても、性急にそこまで呼びかけるのは控えねばならないと思い、漱石は踏みとどまったのだ。

広く深く考えつめ、良識の範囲で実行する。これが漱石の「こころ」であり、明治の時代精神の偉大な精華だった。

それに反して、平成の時代精神はまったく逆だ。官産学こぞって狭く浅くしか考えず、良識を踏みにじって実行する。

晩年の哲学遍歴

明治四三(一九一〇)年八月の大患のあと、午前中は執筆、午後は気分転換に漢詩づくりと、漢詩が強調されるが、それと負けず劣らず、若い頃からの哲学遍歴を続けた。

心理学者でプラグマティズムを唱える哲学者でもあったウイリアム・ジェームズ(一八四二〜一九一〇)と、フランスの哲学者アンリー・ベルクソン(一八五九〜一九四一)の新著に接した喜びを、つぎのように手放しで吐露した(「思い出す事など　三」明治四三年一一月八日)。

「（ジェームズの）多元的宇宙は約半分程残つてゐたのを、三日許で面白く読み了つた。……自分の平生文学上に抱いてゐる意見と、教授の哲学に就いて主張する所の考とが、親しい気脈を通じて彼此《ひし》相倚《あいよ》る様な心持がしたのを愉快に思つたのである。ことに教授が仏蘭西の学者ベルグソンの説を紹介する辺りを、坂に車を転がす様な勢で馳け抜けたのは、まだ血液の充分に運《かよ》ひもせぬ余の頭に取つて、どの位嬉しかつたか分らない」

漱石がどう読んだかの一端をうかがうため、ジェームズとベルクソンから何を得たか、ごく簡単に振り返ってみよう。

漱石の大テーマの時代精神の基礎であるヘーゲルの弁証法との関連では、ジェームズの『多元的宇宙』（一九〇九年）の第三講、「ヘーゲルとその方法」において、そもそも正のうちに反も合も含まれていたと説明される。漱石は自分が分析し主張してきた通りだと、我が意を得た思いだったに違いない。

ついでにベルクソンの『時間と自由』（一八八九年）についてふれておくならば、彼が提起した「持続」という捉え方から、そもそも存在（ビーイング）は常に生成（ビカミング）であることがただちに悟られ、漱石は年来の自説の根幹(弁証法)が支持されたと思っただろう。間主観性への橋渡しとしては、前掲の「ヘーゲルとその方法」のつぎのくだりに、漱石は目を止めただろう。

「我々が、一つの存在者Aともう一つの存在者Bとを考える時、Bは最初には他者として定義される。しかしAはまた、Bの他者である。両者は共に同じ仕方で他者である。「他者」はそれ自身によって他者であり、それ故すべての他者の他者であり、したがって自分自身の他者であり、端的に自分自身に似ないものであり、自己否定者であり、自己変革者である」(ヘーゲル『大論理学』第一巻、第二章B(a))

二要素による変化(二元論)に立つと、間主観性が自ずから導かれてしまうのだ。このようなジェームズの指摘にも、漱石は大きくうなずいたと思われる。

漱石は東京高等工業学校の文芸部にたのまれ、大正三(一九一四)年一月一七日に、文学の方法と法則について講演した。作品に深さを与えるものは何か、という興味深い問題を提起し、personality(作家の個性、筆者による注)の奥にあると、つぎのように語った。

「……作者が、天然自然に書いたものを他の人が見てそれに philosophical の解釈を与へたときに、その作物(作品)の中からつかみ出されると云ふので始めから法則をつかまへて、それから肉をつけると云ふのではありません。吾々の方でも時には法則が必要です。何故に必要であるかと云へば之がために作物の depth が出てくると云ふ問題になるからである。あなた方(工学者)の法則は universal のものであるが吾々のものは personality の奥に law があるのです。と云ふのは既に出来た作物を読む人々の頭の間をつなぐ共通のあるものがあつた時そこに abstract の law が存在してゐるのです」

これで聴衆が理解できたかどうか疑わしいので(速記が不完全だったのかもしれないが)、より筋が通った表現に翻訳すると、「作品を読み、読者に共通のあるものが生まれたとき、文学の法則が働いたわけだが、それは共通的なものではなく、個性的なもので、それが深さをもたらす」となるだろう。

その下地となったのは、講演の二年半ほど前の明治四四(一九一一)年六月に読んだベルクソンの『時間と自由』の第一章「心理的諸状態の強さについて」だった。そこには、つぎのように述べられていた(論証部分を略し結論のみを列記)。

「……芸術作品の価値は、暗示された感情が私たちの心を領有するその力によってよりも、その感情そのものの豊かさによって測られる。……芸術家が目指しているのは、この非常に豊かで個人的で新しい情動のうちに私たちを案内し、私たちに会得させられないはずのものを体験させるということなのだ」

アメリカとフランスの新しい哲学に引かれたのにたいして、他方、ドイツ観念論哲学にたいしては、プロシアの軍国主義の台頭に反発して、亡くなる年に発表された「点頭録　六」(大正五年一月一七日)では、漱石はつぎのようにきびしく批判した。

「元来独乙のアイヂアリズムは観念の科学であつて、其観念なるものが又大いに感情的分子を含んでゐる。文字の示現通り単なる冥想や思索でなくつて、場合が許すならば、何《い》時《つ》でも実行的に変化するのみならず、時としては侵略的にさへなりかねない程毒々しいものである。アイヂアリズムが論議の援助を受けて、主観客観の一致を発見したが最後、

こゝに外界と内界の墻壁《しょうへき》を破壊して、凡てを吸収し尽さなければ已《や》まない事になる。アイ
ヂアリズムから思ひも寄らない物質主義が現はれてくる。是は最初から無関心で出立しな
い哲学として、陥るべき当然の結果である」

まさに右のような経過をたどって、二〇年後にはドイツと日本でファッシズムに奉仕する哲学の嵐が吹いた。何とそれを漱石は予言していたのだ。

実験小説で系統的に『文学論』を検証

漱石の『文学論』は、「(文学)理論の基礎を科学における認識(ナーレッジ)に置き」と評された(一〇三ページ)。それはどういう意味か。

漱石は、前節の引用も一例だが、方法が文学と科学(工学)では異なると述べている。それなのに、「基礎を科学における認識に置き」と、果たして言えるのだろうか。

答は「そう言える」だ。というのは、「論」の立て方で、漱石が科学と同じ構造を採用しているからだ。論は認識のまとめ方なので、論の立て方で通じていれば、認識が通じていることになる。そういう意味で、基礎を科学の認識に置いていると言えるのだ。

科学の理論では、実際の発見や発明がどうであったかに関係なく、提唱されるときには、前提（公理）が設定され、それが演繹的に展開されると、定理や法則が導かれて、それに従うことで現象の説明や予測が可能になり、それらの結果が現象と一致していると検証されるならば、前提が妥当で、その論理体系は、別の理論で否定されるまでは、一応正しいとして認められる。漱石の『文学論』では、「文学の内容は、意識における観念や印象と随伴する情緒だ（F＋f）」が前提として設定される。

個々の作品の創作過程が演繹的展開に相当する。文学は、科学と違って普遍的に通用する定理や法則を求めるのが本旨ではなく、個性的な作品をめざす。

作品が読まれるのが、検証に相当する。作品を読むことは、読者にとっては、自分に引きつけての感じ方なり生き方の模擬（シミュレーション）だが、その結果、読者が感銘を受ければ、前提も展開も妥当だと検証され、評価されるのに相当する。

ただし前提の観念や印象は、科学の場合のように普遍的、固定的、再現的ではなく、個別的、可変的、単発的だ。前提の展開（人物の行動や心理の描写）も同様に、定型化されていない。まして情緒ともなれば、読者に依存して多様になる。

ひとかどの小説（フィクション）作家ならば、漠然としていても、大筋ではそのような経過をたどって創作する。そこを明晰にしたのが漱石だった。

文学の場合、展開が多様であれば、当然ながら検証する作品も多様になる。つまり、新作のたびに、構成や表現を変えて実験する。作家が意欲的であれば、作品は実験小説となる。実験は前の実験の結果を基に、つぎつぎに企画される。

その流れは、漱石の場合は、順序不同でまた大雑把だが、こんなふうにたどられるだろう。「自己のF＋fに忠実であれ」の前提から、個人に即しては、自己（主観）とは何かが問われる。『それから』から『行人』まで進むと、間主観性へと近づく。

それが主流で、遊民の登場、嫉妬の心理、個人主義と利己主義の差異、利己と利他の折り合いなどが支流で、それらにもさかのぼる。

また「自己のF＋fに忠実であれ」の前提から、社会に即しては、権力の在り方への批判として『坊っちゃん』、さらに思想問題への対処、最後に時代精神の正体の追究と評価へと、テーマが発展していく。

これらのうち最後の二つの大テーマが、当然『こころ』で追究されることになる。

第七章　『こころ』の読まれ方

日本近代文学の代表作

読者あっての作品だ。この文句のつけようがない基準に従うと、つまり、読まれた期間と総読者数からすると、夏目漱石の『こころ』が、日本近代文学の代表作として選ばれるのは間違いない。

大正三(一九一四)年の四月から八月にかけて「朝日新聞」に連載され、手回しがよくて、すぐ九月には岩波書店から初めての単行本として出版された。それから一世紀以上にわたって売れ続け、主な文庫版だけでも、累積出版部数は七〇〇万部を超したと推定される。

なぜそれほど売れたか。高校国語の現代文で読まされるためか。それも理由かもしれない。だが、そうなる前から売れていた。教科書にとりあげられると、低い成績評価をうけたなどの悪い思い出がつきまとい、かえって敬遠される面も否定できない。

それでもやはり読まれ続けてきたのは、意外や意外の実利が得られるためではないか。とにかく読み出せば、誰にとっても生きていくのに必要な基本のハウツー、第一に知らない人との接し方、第二に在り方が異なる社会の知り方、そして第三に世の中の変化に対応するための態度の選び方などについて、知らず知らずのうちに学べる。

この小説は、上の「先生と私」、中の「両親と私」、下の「先生と遺書」の三つの話から成り立ち、それぞれ事柄にたいする主要な迫り方（認識形式）が変えられている。

まず上を読むうちに、目をつけた人への近づき方として、とにかく相手の行動を見習い、いっしょに行動し、体験を共にするように、読者はいわば感化される。

漱石が行動手引き（マニュアル）を意識して書いたわけではない。主人公の「私」は、めがねを拾って「先生」に接近し、留守ならば行き先まで追いかける。散歩にはついて歩き、茶の間にあがりこみ、食事にあずかり、デリケートな思想問題まで先生に語らせ、ついには遺書の受取人になる。

その一部始終を、いかにもありそうに、微に入り細をうがって、漱石が小説として書きあげた。それがすぐれて現実的なため、読者のほうで実生活への応用のヒントになると気づく。そういう読まれ方があるわけだ。

つぎに中の「両親と私」へ移ると、東京と私の故郷、その間の生活ぶりの差異が、何かにつけて比較される。義理や格式にこだわり、乃木将軍の殉死をありがたがる、私の父を典型として、昔ながらの地域の風習、考え方、生き方、社会の在り方が照らし出される。

人間を知るには模倣だが、社会を知るにはとにかく比較が肝心だと学ぶ。結びの下の「先生と遺書」に入ると、心理の綾は当然として、状況の急変にたいし登場人物がどのようにつぎつぎに対応を選択していくか、こちらの側面に生活人はより関心を集中させる。

きわめつきの場面は、嫉妬に駆られて、先生が、恋のライヴァルの友人Kに手を引かせるため、問い詰めるくだりだろう。選ばれた言葉がずばりK自身の生活指針だったから、彼は自己矛盾の窮地に追い込まれ、自ら命を絶ってしまう。

選択された、たったの一言、「精神的に向上心のない者は馬鹿だ」によって、恐ろしいことに、当人たちだけでなくまわりの人々も運命が変わっていく。

模倣行動に基づく「先生と私」、比較行動を軸とする「両親と私」、そして選択行動で決まっていく「先生と遺書」、そのように書き分けられた三部構成は、いったい何のためか。

それは個人から始まって、家族、地域社会、国家、世界に及ぶ複雑きわまりない対象、それらの全体のつながりを明晰に描き出すため、漱石が切りつめたミニマム・エッセンシャル（必要にして充分な要素）に結果的になっているのだ。

広く深く思考するには、事柄を必要最低限の要素まで還元しなければならない。還元する

(リデュース)は漱石の好きな言葉だ。気を配りすぎては、考えが深まるわけがない。

さらに還元に先立ち、何を知るか(存在)よりも前に、まずいかに知るか(認識)が定まっていなければならない。読者に明晰に意味を把握させるため、論理的手続きの点でぬかりなかったのは、ひとえに漱石が哲学に親しんできた賜物だった。

小説を読み終わって、高次の主題について想いめぐらす前に、まだ冒頭のページをめくるうちから、老若に関係なく、読者が生活人であればあるほど、生きていくための糧として、豊富に与えられる三つの基本的認知行動、模倣・比較・選択の具体例を味わい吸収する。

このように読むことができ、また無意識のうちにそのように読まれてきたことが、長く『こころ』がベストセラーの地位を保ってきた第一の秘密だろう。言うならば「人間学の教科書」だからだ。やや変わった教養小説(成長小説)と評することもできるだろう。

右のような第一の特質に加えて、第二に、世界のベストセラーが備える、つぎのような条件も充分にかなえていた。

ちなみに自らもベストセラー作家だったサマセット・モームは、九つの条件を掲げる(「付録ベストセラーの条件」『読書案内――世界文学』岩波文庫)。

(1)読者を引き込む物語性、(2)作者自身の生活意欲が脈打つ作中人物、(3)主題が世間の関心事

——生と死、善悪、愛憎、野心、金銭欲など、(4)作者独自の見方、(5)素直な技法、(6)思想は得手ではない、(7)観察力、(8)作者が登場人物になりきる、(9)作者が自己中心的。

モームが漱石の『こころ』からベストセラーの条件を抽出したのではないか、と思えてくるほど、『こころ』はぴたりとモームの条件を満たす。

唯一の例外は、(6)の「思想は得手ではない」だ。逆に『こころ』では、思想と哲学を究極の主題とする。まさにそこがユニークな第三の特質だ。当然そこまで読み至らなければ、『こころ』を読んだことにならない。

嫉妬を描く心理小説の決定版

微妙な心理のゆれを味わうには、作品を読むに限るが、漱石が期待したと思われる「読みごたえ」を得るためには、漱石ならではの描き方、心理としての嫉妬の特質を活かした彼の創造性に注目すべきだろう。

嫉妬は漱石にとって長くあたためてきたテーマだった。明治三九（一九〇六）年の一月から夏休みをはさみ、一〇月にかけて東大で、シェクスピアの『オセロウ』を評釈した。それから数えると、最後に『こころ』で嫉妬を真正面から扱うまで、実に八年近くも検討を重ねていたことになる。

『坊っちゃん』の場合、何とはなしに『ハムレット』のパロディになってしまったが、それにたいし『こころ』では、かなり意識して『オセロウ』のパロディを企てることになった。

果たして彼がめざした通りの成果が得られたかどうか。結論を先まわりして言えば、発表後百年にして、やっとどうにかまっとうに評価されつつある、というのが掛け値なしの結果ではないだろうか。この点については、大江健三郎の『水死』(二〇〇九年)における解釈とも関連させ後述する。

すでに東大での『オセロウ』評釈において、聴講した野上豊一郎や小宮豊隆のノートに記録されているが、主要な問題点が指摘されていた。

⑴嫉妬はいつか必ず書きたい魅力的な題材、⑵主役のオセロウを嫉妬に狂わせる脇役のイアーゴウはまったくの悪人だとする解釈(不純物なしの白砂糖のような悪人)、⑶些細な原因で、誰もがまったく人格が変わり、悪人になるという人間観(黒砂糖のような悪人)、⑷そして『オセロウ』の嫉妬を表現する作劇術はすばらしいが、結末が「不愉快」という総合的評価など、さすがに理路整然としていた。

評釈に先立って明治三六(一九〇三)年から三八年にかけて講義された『文学論』が、加筆され同四〇(一九〇七)年に出版されたが、そこでは嫉妬は「複成情緒」であると強調され、別扱いされていた(この見解は漱石がロンドンで読んだリボーの『感情の心理学』による)。嫉妬では、愛されていたのに、愛されなくなり、愛の相手を奪われ、思慕から、失権そして剝奪、さらに憤怒へと、つまり、喜びから、悲しみ、また怒りへと、三段階を経て一八〇度の質的変化が起こる。そのため「複成」の名がかぶせられたのだ。

他のいわば常に一色の、性質が変わらず、強弱のみ量的に変わる情緒との間に、大きな差異が認められる。嫉妬がそうした質的変化をともなう特質に漱石は注目した。だから『文学論』でもとくに取りあげたわけだ。

さまざまな勢力が競い合うなかで、ひとつの勢力が多数を占めるようになるのが、世の常の変化(弁証法的変化)だが、その源は外的な力ではなく内的な志向、人々の心の変化に発する以外に不可能だ。そのひとつの著しい例を、漱石は嫉妬に見たわけだ。

そう解釈できるし、またそう解釈することで、俄然『こころ』の読みが深まるだろう。これが第一の要注目点だ。

ところで、いくら劇としてすばらしくても、『オセロウ』では、他人のイアーゴウによって焚きつけられて嫉妬が始まるのが、漱石には不服だったに違いない。

些細なことで誰でもが変心し、それが広がり、ついには世界が一変する弁証法的変化には、当初こそ他人の影響があったにしても、最終的にはあくまでも個人内部での決定的変心が前提され、その結果が積み上がっていくのでなければ、つじつまが合わないからだ。

そこで登場人物をへらし、ひとりの男の心のなかで、もっぱら本人のかんぐりによって嫉妬が引き起こされ、燃え上がり、嫉妬の相手の男を自殺させる設定を、漱石は思いついた。男性の両人の間に、交互に両人の気を引く、ひとりの女性がいれば充分だった。

『こころ』において、先生と、友人のKと、静という「お嬢さん」との三人になったように、最少三人の組合せで、多様な関係と状況を生み出せる。そうした構成を、かなり早い段階で検討したと推定される。その証拠となり得る手書きの図（図解シミュレーション）が、『こころ』執筆の八年前の明治三九（一九〇六）年の「断片」のなかに発見される。

このような人物の組合せは、パターン（定型）として、他の作品でも修飾されて用いられた。『こころ』でもそれに従って、漱石はイアーゴウを不要にした。これは彼の方法に関する創造性、彼らしく感性的というよりも知性的な創造性のひとつの例になる。

劇という形式のもとでは、オセロウの心のうちを表現するのに、彼の独白につぐ独白を用いるならば、あまりにも不自然になる。そのためオセロウに嫉妬の火をつけ、それが燃え上がる経過を、観客にたいし語り伝える役として、イアーゴウが必要だった。

それに反して、ずばり意識の流れを描くことができる小説の形式を活かせば、イアーゴウに当たる人物を設定しなくても済んだわけだ。これが要注目の第二点だ。

ここに漱石の実にこまかな神経の使い方が如実に出ているが、漱石はまじめで、倫理的にも論理的にも毅然としていた。そうでないと、潔癖な彼は落ち着かなかった。

第三に、『こころ』で注目すべき創造性の例は、モームがベストセラーの条件の七番目に挙げた「観察力」だ。

上の「先生と私」の初めの部分、私が先生を追いかけ、雑司ヶ谷墓地を訪れる場面で、外国人のものも含め、さまざまな様式の墓標が並ぶのを発見して、先生と言葉を交わす。

このくだりは、『こころ』執筆の一年五カ月前、亡くなった娘のひな子を弔うため、漱石自身が墓参りしたときの心象が基になっている(大正元年一一月二九日の日記)。

そのとき見た墓標の列を、多くの意識(観念や印象とそれらに随伴する情緒)の流れ、それが空間的にも時間的にも広がる、まさに世界の様態のメタファ(隠喩)として使った。

もちろんそうした心象と隠喩の底には、『文学論』で用いたあの図――時代精神をフラクタル状のF＋fの集まりとして表象した図――があったに違いない。そうしたイメージを加えることで、抽象的な高次の観念を、読者にとって把握しやすくしていたわけだ。

総じて漱石の心理描写で特徴的なのは、読者には、描写結果がより直接的だったことだ。第三者の心理を、いわば神の眼で外側から、彼女なり彼なりの行動を描くことを介して、推定しつつ追うのではなかった。

読者にとってより近いと感ずる私（読者の代理）が、対象の人物（第三者）にたいし行動し働きかけ、その反応として私のなかで生ずる意識の流れという形で、第三者の心理が読者にたいし語られた。

その結果あたかも読者自身が、登場人物の心理の動きをじかに追いかけているかのように感ずることができた。読者と描写される心理の動きとの距離が短縮されていたのだ。

そのため『こころ』では、構成が工夫され、私が先生に告白として遺書を書かせるように仕向け、私（つまり読者）がそれをじかに読むという形式になったと分析できる。

その上で、先生が嫉妬に駆られる経過は、正確に複成心理の段階的変化の節目ごとに、先生の行動の発作的変化として、捉えられ表現される。たとえば友人がお嬢さんと同室にいたり、同行したりする場面に先生が遭遇するが、その際に、先生はどうするかと、読者自身がその場面に臨んでいるかのような緊迫感を味わうことができる。

そうした描写方法を漱石が磨くことによって、『こころ』は心理小説の決定版、つまり、心理描写の達成度の基準となる地位を獲得したのだ。

ただしそれには、右に紹介したように、登場人物の構成やメタファの採用など、漱石ならではの綿密な数々の補助的な創意が、こらされているのを見逃してはならないだろう。

なお念のためだが、小説で心理を扱うのは、個人を描くためだけでなく、個人の集まりから成る社会を、そして自然と社会から成る世界を描くためでもあった。それが漱石の基本的態度だった。

彼が嫉妬というテーマにくいさがった裏には、告げ口によって足をひっぱり、派閥のつぶし合いの末に機能不全に陥るのと、嫉妬とが似ている点に、着目したためかもしれない。日本社会を貫く、唾棄すべき体制(典型は日本の旧陸軍)にたいする諷刺にもなると、思ったかもしれない。そうしたもくろみが動機として、働いていたことも充分に考えられる。

高等遊民の「思想問題」

小説の筋は一本とは限らない。『吾輩は猫である』では複線が入り乱れ、脱線が起きていた。『坊っちゃん』では、地方都市を通じて政府中枢を諷刺するという具合で複線だった。

英文学の例では、スウィフトの『ガリヴァー旅行記』は四編から成り立ち、第三編では当時の科学界、とくにアイルランドで悪貨の流通を許したニュートンをこきおろした。また近くはオルダス・ハックスリーの『恋の対位法』（一九二八年）では、楽聖バッハの対位法を借りて、多くの人物を登場させ、複雑な構成を通じて、時代の社会と政治が、人間の価値に及ぼすさまざまな影響を告発した。

人間だけでなく、背景の社会も描こうとすると、単線ではおさまりにくいのだ。

『こころ』では、すでに明らかにされたように、第一にいわば成長小説（教養小説）、第二に心理小説、そしてこれから追究されるように、第三に社会小説、第四に哲学小説と、少なくとも四通りの小説が、よりあわされて太く強い綱を成している。

これを主題が割れていると評するのは誤りだ。四本の筋によって、「時代精神の移り変わり」という、ひとつのきわめて大きな主題に挑戦していたと、積極的に捉えるのが正しい。

ひとつの小説でありながら四通りに読め、また読むべきである小説は、他にあまり例を見ない。かつそれでいて、倫理性も芸術性も高い。ここに『こころ』の真価があるわけだ。

では、社会小説というならば、どこがそうなのか。下の「先生と遺書」の七節で、めったに作品の趣旨を明かさない漱石が、めずらしく先生につぎのように述懐させる（あくまでも、こう語る人物がいたというフィクションで、漱石自身の考えを作中人物に語らせているのではない)。

「貴方は現代の思想問題について、よく私に議論を向けた事を記憶しているでしょう。私のそれに対する態度もよく解っているでしょう。私はあなたの意見を軽蔑までしなかったけれども、決して尊敬を払い得る程度にはなれなかった。あなたの考えには何らの背景もなかったし、あなたは自分の過去を有《も》つには余りに若過ぎたからです。……その極あなたは私の過去を絵巻物のように、あなたの前に展開してくれと逼《せま》った。私はその時心のうちで、始めて貴方を尊敬した。あなたが無遠慮に私の腹の中から、或《ある》生きたものを捕《つら》まえようという決心を見せたからです」

このくだりを読み飛ばさなければ、『こころ』が同時に社会小説をもめざしていたことを誰も否定しないだろう。

思想問題、その根底には倫理問題があり、それに巻き込まれる階層、いわゆる高等遊民の問題について、読者に考えさせ、答を求めさせたのだ。

高等遊民とは、経済的に恵まれ、定職につかず、自由な立場を享受する知識人だ。彼らを生む社会的経済的経過として、『こころ』の先生や私が典型だが、地主階級の二男、三男の東京遊学、そのための家族制度の弛緩と崩壊が、『こころ』の第二編で点描される。

漱石が高等遊民の四字を初めて用いたのは、『彼岸過迄』(明治四五年一〜四月掲載)だが、同年二月には雑誌「新潮」が「所謂高等遊民問題」を特集していた。

実はそれに先立って、すでに明治四三(一九一〇)年七月号の「日本及日本人」(保守派の評論雑誌)では、「学士の増加と社会の進歩」と題して、問題の核心がつぎのように論じられていた。

「東大の法科大学卒業生約三千四百、職業未定及び不詳、大学院生を合はせて九百(筆者注、卒業生の約二七%)……高等知識を得て職業に就くこと能はざる、不平なきを欲するも得ず、自然主義に感染し、社会主義に感染し、甚だしきは無政府主義に感染すること、避くべくも無し」

ここで言う「思想問題」とは何か。明治の政治体制は、実は立憲主義ではなかった。法の支配ではなかった。天皇の名を借りた寡頭政治だった。拠り所は制度ではなかった。天皇、国体、つまり思想(何かにつけ考えるときの基本)に拠っていた。したがって、忠孝による国体護持以外に、いかなる思想も許されてはならなかったのだ。

そのため、何とも奇矯な論理だが、「思想問題」、つまり、国体護持以外の危険思想、自然主義、社会主義、無政府主義などにかぶれるという「問題」だけがあり、それは芽から摘まねばならないと、当局が躍起になったのだ。これが当時大きな社会問題だった。

大逆事件にたいする秘められた告発

前述の「日本及日本人」の記事発表に先立って明治四三(一九一〇)年五月二五日に、爆弾を準備した嫌疑で宮下太吉が検挙された。月末には検事総長が大逆罪(皇族に危害を加えるか加えようとした者は死刑)という筋書きをつくり、六月一日幸徳秋水と菅野スガが逮捕され、三日に新聞が報道した。逮捕拘引は二六人に及んだ。

山縣有朋を黒幕とする官憲のやり口に薄々勘づいていた者には、このデッチアゲ事件を予期できただろう。国民を拘束する施策の前後に、必ず勅語が公布された。憲法発布の前の教育勅語発布がそうだった。

まったく同じように、明治四一(一九〇八)年七月に、社会党を認めた西園寺内閣が更迭され、後事を託された山縣の走狗の桂太郎が、組閣直後に思想取締りの強化を打ち出すと、一〇月には国民道徳の高揚を呼びかける「戊申詔書」が発布された。

山縣を恐れさせた直接のきっかけは、前年の明治四〇年一一月の初めに無政府主義者たちによってサンフランシスコでまかれた檄文、「足下の命や旦夕にせまれり」だった。「足下」は明治天皇を意味した。この情報はただちに山縣の耳に入れられた。

それから三年をかけて、事件を裁く大審院開廷へと粛々として事は運ばれた。開廷二カ月前の一〇月二九日には森鷗外が山縣邸によばれた。鷗外の日記から事実と判明している。同時に集められたのは、平田内相、小松原文相、法学者の穂積八束、他に歌人と軍医の二名だった。集まりは「永錫会」と称した。永く危険思想を払う錫杖となる会を意味した。内相と文相は取締りの最高責任者、穂積は山縣が天皇へ差し出した意見書「社会破壊主義論」の下書き役、鷗外の役は人脈をつたって情報を集め、大逆事件の訴訟を指導し（主任弁護士格の平出修は鷗外主宰の歌誌「スバル」の編集者）、そして世間に小説で無政府主義を講釈することだった。作品として『食堂』（明治四三年一二月）が挙げられる。

この間の背景は詳しく調べられているが（大塚美保「迷信と大逆――鷗外『蛇』『里芋の芽と不動の目』、そして永錫会」）、鷗外の暗躍は二重スパイも同然で、にわかに信じられないほど卑劣きわまりない。

では、事件について他の作家たちはどこまで知っていたか。どう対処したか。

社会小説を標榜した内田魯庵の肉筆の手記(明治四四年一月二四日〜三月二日)が、七〇年ぶりに国会図書館で発見された。それによれば、彼は運動に関係した多くの人々から検挙までの経過を聴きまくって、「宮下初め二三人は芝居でなくマジメに考へていたにしろ、他は皆寝耳に水であつたのだ」と調べつくしていた。

そう確信した彼はまず丸善の雑誌「学鐙」(明治四四年八月号)に「Oscar Wild の Vera」を紹介した。これはあの耽美主義のオスカー・ワイルドが書いた戯曲で、ロシア皇帝が被弾するきわどい場面があり、あえて当局を挑発するためだったと思われる。

つぎに同年の一二月二九日から翌年にかけ四七回にわたり「東京朝日新聞」に、魯庵による全訳が掲載された。魯庵の関わる雑誌と新聞が発禁にならなかったのは、当局が後ろめたいからだと、世間は勘ぐった。魯庵も新聞社も、そうした効果をねらったと思われる。

石川啄木は、秋水検挙の翌月に「時代閉塞の現状」をまとめた。これは「朝日新聞」が掲載した評論にたいする反論として書かれたが、採用されなかった。

強権のために青年たちは自然主義に侵され、世の中はゆきづまったと彼は訴えた。その自然主義は、ただちに読者によって、社会主義ないし無政府主義へと読み換えられると想定されていた。

啄木の論拠は、彼自身による「日本無政府主義者陰謀事件経過及び附帯現象」（六月三日作成）で、在外公館に送られた当局の弁明文から、秋の判決予定を事前に読みとり、事件は審理以前に死刑判決を想定した当局によるデッチアゲであることを暴露していた。

そして判決がくだされたあと、弁護人の平出修が、立場上知った真相を基に『畜生道』『計画』『逆徒』を、大正元（一九一二）年九月、一〇月、そして翌二年の九月の「スバル」各号に発表した。『計画』に代表されるように、ほとんどの嫌疑者の無実を、世に残すのが執筆の動機だった。秋水は菅野スガを止めきれなかっただけで、秋水自身は無実と結論していた。

先生の遺書に私はどう答えるか

大逆事件の真相を、漱石は早くから確実に知っていただろう。修善寺で吐血して人事不省になる大患の前、東京で入院していた明治四三（一九一〇）年七月一日と五日、続けて二回も啄木の見舞いを受けた。前述のようにすでに事件の枠組みを解明していた彼から、耳打ちされなかったとはとうてい思えない。

しかし事件について、直接的には漱石が書くことも、語ることも、まったくなかった。他方、啄木が腹膜炎で死の床につくと、見舞金を森田草平に届けさせ、明治四五(一九一二)年四月一五日の葬儀には、大病のあとなのに列席した。また『こころ』の執筆の直前だったが、大正三(一九一四)年三月二一日の平出修の葬儀にも参列した。

当局の監視を覚悟で、誠実に漱石は彼らとの連帯の意志を表したのだ。

その上で漱石が決意したのは、事件デッチアゲの批判は他にまかせ、根底から問題を読者に問いかけることだった。思想弾圧阻止に向かって日常の行動をいかに正すか、迂遠のようだが、結局それが鍵だと考えたわけだ。

出発は『オセロウ』のパロディだったが、やっと構想が熟して書けるようになった矢先に、遊民の思想問題がもちあがり、そして作家にとって致命的な思想弾圧の前兆である大逆事件が起こった。他方、余命を思えば、ロンドンで構想した文学による文明開化評価の大目標にも、ケリをつけねばならなくなっていた。

はっきりさせるため繰り返すが、この時期の漱石にとっての課題は、つぎの三点に集約できた。第一は『オセロウ』の結末の不愉快の社会的意味、第二は思想弾圧を防ぎ自由を確保する体制づくり、第三は文明開化の評価だった。

これら三問にたいし一挙に答えきらねば、答にならなかった。答えきれない問題が尾を引くようでは、解決にはならない。三つはいずれも難題と思われた。

しかし実はすでに漱石は答を示唆していた。先に紹介した『こころ』の趣旨説明――思想問題の解決は生き方(倫理)による――がそのひとつだ。

もうひとつの答として、明治四〇(一九〇七)年四月の東京美術学校での講演「文芸の哲学的基礎」で、『オセロウ』の結末の不愉快について、「ただ真という理想だけを標準にして作物に対するためではなかろうかと思います」と解き明かしていた。

嫉妬の心理の「真」(科学)を明らかにしても、世の「善」(福祉)のためにはならないから、不愉快なのだ。肝心なその点こそは、思想が真と思えても、善でなければ信奉すべきでないと、考えるのに必ず役立つはずだった。

果たして漱石の示唆は答になるだろうか。検証してみよう。

嫉妬の結末の不愉快に落ち込まないように、真とともに必ず善を問うならば、思想の自由も確保されるだろう。それが欠けていたから、文明開化は失敗と評価するしかなかった。

意外にさらりと解けてしまう。だが、そうした思索へと確実に仕向けるには、先生の嫉妬の無為な結末、自殺につぐ自殺を告白する遺書にたいして、私が思索し答えなければならなかった。そうなるように、一部始終の経過を小説として構成する必要があった。

そのため上中下の三つの話が組み立てられたのだ。私が考え続け、答えるように構成すれば、結末の不愉快の社会的意味が明らかにされ、『オセロウ』のパロディも成功が約束されるはずだ。

漱石も完璧ではないから他では少なからず誤りもしたが、ここでの三つの課題に関する限りは、ひたすら熟考に熟考を重ね、彼の好きな還元によって、課題の根底にある共通点を把握し、共通の解を導き、最後にその解が三つの課題にたいし整合的かどうかを緻密に検討しつつ筆を進めたのだった。

「時代精神に殉死する」で論争が続く

漱石にとっての三つの課題は解決されたが、読者にとっては、大きな問題が突き付けられた。それは『こころ』が哲学小説の性格を帯びていることだった。思想小説ではなく、哲学小説だ。

ここでは、「思想」は(日常生活で何か問われたときとっさに浮かぶ)基本になる考え、ないし考え方として、哲学と区別する。

それにたいし「哲学」は、世界・社会・人間について、限られた基本概念を設定して、一貫した説明を与えること、ないしそのための基本概念と定義される。

と言って、むずかしく思ってはならない。「あいつには哲学がない」の哲学だ。哲学の裏付けがあって初めてしっかりした、骨のある思想を抱くことができる。

心理を描く心理小説があるように、哲学を描く哲学小説があっても当然よいわけだ。問われた哲学は、「時代精神によって社会(世界)は説明できる」だった。

先生は、嫉妬から友人を自殺させたことを悔いて、前から自殺を思っていた。明治天皇が亡くなり、乃木将軍が連隊旗を奪われた償いとして殉死したのをきっかけに、実行を決意する。奥さん(静、かつてのお嬢さん)に冗談めかしてではなく、はっきりと、先生は明治の時代精神に殉ずるのだと語る。

そこのところの記述の読み方によって、見解が分かれ対立し、長く議論が紛糾した。実は漱石没後百年の今も議論が蒸し返される。

というのは、武士道に従って乃木将軍が明治天皇に殉じたというので、異常に感情的になって、冷静に裁くことができない人々が多いからだ。

そもそもは、漱石自身が『こころ』執筆の四カ月前、大正二(一九一三)年一二月一二日に第一高等学校でおこなった講演(「模倣と独立」)で、乃木将軍の殉死を、元老をはじめとする政治家たちよりもましだと半ば肯定したように、明治人としての漱石の立場も、記述も曖昧だったのが、原因だとする向きもある。

そうした国民的動揺の結果、乃木将軍と同じように、また先生と同じように、臣民は天皇に殉じなければならないのか、という議論へと発展した。

だが、漱石の哲学からすると、明治天皇も、乃木将軍も、また小説の一人物にすぎない先生も、明治の時代精神の一端を構成し、それが終わりならば、共に消え去るほかはない。ヘーゲルが言うように、誰も時代精神から免れることはできない。それ故に、それぞれが時代精神と対峙せざるを得ない。

そこを、つまり、彼の哲学の帰結を、譲るわけにはいかなかったのだ。何か底意地があってぼやかしたわけではない。逆に、その点を明確にしたかったわけだ。

では、明治の時代精神とは、殉死を喚起するほどのものだったのか。肝心のその点については、思想史や文化史を除き、漱石の文学に即しては、ほとんど追究されなかった。

作家は作家の想いを読む

山と言えば川と答えないと関所を通してもらえないのと同じで、漱石の文学は「則天去私」

〈天に則り私を去る、漱石の造語〉の心境に至る過程だとする大合唱によって、時代精神追究の声はかき消されていた。

そうした時流にさからった作家がいた。漱石の問いかけにはまだ答えられておらず、「赤裸の漱石をみることと、彼の時代を背景とする漱石をみることと、――この一見矛盾する二つのことをしなければならぬことになる。しかし、これも実際はすべきことではなく、現在われわれがしていることである」(「漱石の小説」「新潮」昭和一一年二月号の巻頭評論)とする立場、つまり、先生の遺書に答える私の立場から、発言した作家がいた。それが当時新進の小説家で英文学者でもあった阿部知二(一九〇三～七三、代表作は『冬の宿』)だった。

満州事変が始まってすでに五年、日中戦争の前年という険しい時勢のもとで、勇気ある発言だったと、近年では評価されるようになった(佐藤泰正「文学における近代と反近代・その一面――『こゝろ』評価の推移を軸として」一九九八年一月)。阿部は明治時代精神についてつぎのように指摘した。

「彼(漱石)がその人間と芸術とを完成した時代は、不思議な二面性をわれわれに感じさせる。……今日の病的な不安、頽廃のなかつた、光栄ある大時代(グラン・シエクル)と感じるのだ。……事実は、彼の時代とは、将来への建設へと急ぐ近代日本の努力時代の未完成であつたといふ方が正しいのかも知れぬが、何かしら、さうしたものが感じられ、漱石はその明治の時代が提供した活力と光栄と、教養と文化とを一身に吸収したところの人物のやうに見えてくる。彼の教養、芸術性の豊かな美しさ、倫理性の高さ、などをかかる時代の色の繁栄としてわれわれは感じ、彼の小説と今日のそれとを、この関係に於て眺めたくなり、彼の人間と芸術とをその光りに於て解釈したくなるのだ」

明治の時代精神における明と暗の二面を、漱石が感じていたように、阿部も感じたのだ。なぜ阿部はそのように漱石に近づくことができたのだろうか。英文学者で作家という点で、漱石と阿部はまったく同じだった。

ただし阿部は漱石とは違って、東大で教えを受けたエドマンド・ブランデン(大正一三~昭和二年東大講師)の影響で、『リア王』と『嵐が丘』そして『白鯨』に傾倒していた。いずれも悪との対決が主題になっている。傾倒した作品こそ違ったが、世の中への取り組みにおいて、漱石と通底していたと見ることもできる。

もうひとつには、阿部は名古屋の第八高等学校を経て東大へ進学した。八高では漱石の高弟の中川芳太郎(『文学論』の下書きを用意した)が教えていたので、漱石についてとくに聞いていた可能性も否定できない。

阿部には、踏み込んで漱石については語らねばと思ったものがあったのだ。それこそ漱石が次世代に求めていたことだった。

それから七〇年あまり飛んで、後を継いでこの問題に正面から向かい合ったのは、大江健三郎だ。

大江健三郎の『こころ』読み直し

ただしごく若い頃の大江は漱石の作品を嫌っていた。乃木の殉死を評価するような天皇制主義者の漱石は許せないと思ったからだ(大江健三郎「後期の仕事の現場から――国際的な視野における大江健三郎シンポジウム」「群像」二〇一〇年一月号)。

しかし作品の好悪を断言するからには、かなり読み込んでいたわけで、果たせるかな一九九〇年代には、大江の態度はがらりと変わった。平成六(一九九四)年にノーベル文学賞を受けたあと、同八年八月から翌年五月までプリンストン大学で、何と『こころ』について講義した。

その後大江は、『沖縄ノート』(一九七〇年)の記述をめぐって名誉毀損で訴えられ、平成一七(二〇〇五)年から六年間にわたる裁判を通じて、戦前精神への根強い回帰願望を痛感させられた。そのため、自分が生きた戦後の民主主義の時代とを対比させつつふりかえり、『こころ』の評価も含め、時代精神についての思考をまとめ、作家活動の集大成にしようとめざすようになった。

その仕事は、まだ法廷で争われている最中だったが、『﨟たしアナベル・リイ　総毛立ちつ身まかりつ』(二〇〇七年)を書き終えると始められた。それから二年にわたって書き続けられ、平成二一(二〇〇九)年一二月に『水死』として出版された。

その内容だが、平成二〇年七月に福島県郡山市で開かれた医学者の集会で、「子どもの時からこころをいつも気にかけてきた」と題して大江が講演した際に、『水死』を読んだだけではまとめにくい要点を、すでにわかりやすく説明していた(「日経メディカル Online」)。

この講演の構成は、個人の心の動きは時代の精神を映すというのが「序」で、漱石の『こころ』の軸である時代精神の考察が「破」で、そして民主主義という時代精神を持つことが自分の生きる意味だ、が「急」(結論)だった。

このような講演から推定して、内容は一年あまりのうちに見当がついていたと思われる。ということは、実は何年もはるか前から熟考していたテーマで、例によって著者一流の「前作、前々作の書き直し」という手法で練り固められていることを、裏書きしていた。

『水死』という書名のすぐあとに、T・S・エリオットの詩集『荒地』(一九二二年発表、深瀬基寛訳)から、つぎの四行が引かれている。

海底の潮の流れが
ささやきながらその骨を拾った。浮きつ沈みつ
齢と若さのさまざまの段階を通り過ぎ
やがて渦巻にまき込まれた。

英語の原詩にも訳にも大江の引用にも注が施されていない。だが、この四行の含蓄にふれないで過ぎるのは、あまりにも忍びない。

最初の行の「海底の潮の流れ」と、最後の行の「渦巻」とを、どちらも「時代精神」の隠喩と解釈すれば、「骨」で表される人間の一生は時代精神の一端となるというヘーゲルの哲理が、わずか四行のなかに詠いこまれているのが察せられるだろう。

ハーヴァード大学の学部と修士の両コースで、エリオットは教授のジョージ・サンタヤナから当時の現代哲学、とくにヘーゲルの『精神現象学』を叩きこまれていたことが調べあげられている。だから、この四行をそのように解釈するのはしごく妥当なのだ。

他方、漱石と同級生たちは、東大で哲学と美術を講じたフェノロサを経由して、ヘーゲルの考え方の洗礼を受けていた(五九ページ)。

このように米日の近代文学の基盤が、ともにヘーゲルの哲学に由来する点は、きわめて興味深い。漱石とともに大江もまたヘーゲル派だとすれば、なおのこと興味深い。

以上は前置きだが、大江の時代精神の扱いは二通りなので注意を要する。

一方では、基本的には漱石の態度と同じだ。『水死』のなかで、『こころ』の時代精神に関係する部分を、ストーリーを要約した朗読劇と、観客との討論劇とから成る二幕仕立てに劇化して、上演する場面が続く。それに先立って演出者が作者に質問するくだりで、つぎのように答えられる。

「時代から離れて、周りの人間とはできるだけ無関係に生きようとする人間こそ、その時代の精神の影響を受けてるんじゃないかと思うね。ぼくの小説は、大体そういう個人を書いてるんだけれども、それでいてなにより時代の精神の表現をめざすことになってるのじゃないか。それに積極的な価値がある、と主張するのじゃないけれど……そういうことでほとんど読者がいなくなっても、死ぬことになれば、自分は時代の精神に殉死するようなもんだ、と考えるのじゃないか？」（講談社文庫一六七ページ）

他方、劇の後半、討論劇の部分で、先生を演ずる役者が観客にたいして、つぎのように念を押す。

「あなたは友人を裏切った結果、かれを自殺させた。しかしそれは個人的な資質のことであって、明治の影響を強く受けてるからそういうことをしてしまった、とはいわれないでしょう。まったく個人的な事情によって、時代の社会に背を向けた・社会から降りてしまった、という人じゃありませんか？　あなたをそうさせたのは、時代の精神ではない。むしろ逆の、個人的な心の働きです」（講談社文庫二五三ページ）

なぜそのように大江は強調するのか。つぎのように国民（教育委員会）が居直るからだ。

「明治の精神が天皇に始まって天皇に終わったような気がしました、ということを疑うのか？　最も強く明治の影響を受けた私どもも、ともいってるじゃないか！　その上で本当に、明治の精神に殉じたんだ！　この尊い死を貶めるのか？」（講談社文庫二五四ページ）

作者の大江が矛盾しているのではない。世間が、つまり、明治の時代精神が矛盾をはらんでいたから、またそれが百年後の現在も続いていて、一方のイデオロギー的な復古要求が高まってきたから、それを認識してそれに対処するため、大江は二つの態度を対比するのだ。

『水死』を通じて大江は、第一に明治の時代精神として進歩と反動の二面性、第二に昭和戦前の時代精神として超国家主義、第三に戦後の時代精神として民主主義、第四に平成の時代精神として三島や安倍の復古の前兆を引き出した。その上で、彼の時代精神である民主主義を守るというのが、彼の立場だ。

『こころ』で、漱石が読者に気づかせたかったのは、明治の時代精神の正体だった。阿部がいみじくも指摘していたように、それは「不思議な二面性」をはらんでいた。その後を引き継いだ大江の分析と阿部の指摘とは平仄が合っているが、時代精神は一色とは限らず、多くは二勢力以上の対抗状態にあって、互いに勢力は脅威を及ぼし合い、ひとつの一致した解決策からは遠いのが常なのだ。

まとめると、一方では士農工商の身分的束縛から解放されたが、他方では解放のもたらした活力が、天皇をいただく寡頭制、軍国主義、帝国主義的拡張に利用され、最後は無残な敗戦で終わるという矛盾が、明治の時代精神だった。「時代精神によって社会（世界）は説明できる」とする哲学は成り立つのだ。

ようやく今になって、漱石が提起した問題に答えられるようになってきたが、作者の没後から百年が経過していた。その間、矛盾に満ちた過程の重苦しさに耐えるか、重圧をはねのけるか、それがさらに課題として加わっていた。

「則天去私」は機械仕掛けの神

古典ギリシアは演劇が盛んだったが、筋がもつれて解決がつかないと、神に扮した役者が起重機でひきあげられて登場し、舞台上の人物に指図して結末をつけ、劇を終わらせた。それを「デウス・エクス・マキナ（機械からの神、ただしラテン語表現）」と呼んだ。

「則天去私」はまさにそれだった。ただし作者に由来するのではなく、広く読者によって期待され、それに応える形で、解説や評伝などを通じて流布された。

そもそも「則天去私」は漱石の造語で、新潮社が販売した日記(大正六年用)の扉に漱石の揮毫として登場した。そこには「天は自然である。自然に従うて、私、即ち小主観小技巧を去れといふ意で、文章はあくまで自然なれ、天真流露なれ、といふ意である」と注釈されていた。文章作法以外の意味はまったく託されていなかった。

それなのに東洋的な悟りを意味するとこじつけられ、漱石の文学の全体は、未完の『明暗』へと至る「則天去私」の道程だったと意義づけられた。昭和の最初の一〇年間、一九二〇年代末から三〇年代にかけて、それが一種のイデオロギーと化していった。

だが、それが誤りなのを証明するのは困難だった。否定する反証が欠けていた。「則天去私」の境地に達すると称される『明暗』の結末が、漱石の死によって、ついに書かれなかったからだ。反証の余地がないのに主張するのは、明白なスキャンダルだろう。

そんな理不尽がまかり通ったのも、ひとえに読者が歓迎したからだ。戦争の拡大につれ個人が否定され、全体への奉仕が強制される時流のもとで、その時流に縮退的に適応してゆくのを正当化するのに、「私を去るため天に則る」、ないしは「私を去ることは即ち天に則ること」とも解釈できる四字熟語は、まさにうってつけだった。

そうした時代背景(コンテキスト)のもとで「則天去私」は、漱石の年来の哲学的素地に明らかに反するにもかかわらず、読者が期待する「デウス・エクス・マキナ」となり得たのだ。読者がつくりあげた「機械仕掛けの神」、「小説の結末」だったというのが真相だろう。その浸透力はきわめて強く、阿部の勇気ある評論も、また若い大江ならば書かなかっただろう『明暗』(岩波文庫版)の解説も、ともに留保しながらも「則天去私」への言及でしめくくられている。現在も読者の執着は絶えてはいない。

読み直しによって展望を得る

大江は、明治、戦前の昭和、戦後の昭和、平成と、四代の時代精神とは何かについて答えようとしてきた。なかでもとくに執拗にくいさがったのが戦前昭和の超国家主義の分析で、つぎは戦後の昭和の民主主義の擁護よりも、三島事件に代表されるような超国家主義の復活にたいする警告だった。

そのため、読者にとっては読み直し(リリーディング)だが、作家においては書き直し(リライティング)という方法がとられた。

読み直しについて大江は、作中の人物につぎのように語らせている(『憂い顔の童子』二〇〇二年、講談社文庫八二ページ)。

「ローズさんは教育癖のあるアメリカのインテリ女性らしく、自分の本の読み方について、古義人にこう説き聞かせた。

――私の先生のノースロップ・フライが、バルトを引用してですけど、こういうことを書いています。真面目(シリアス)な読者とは、「読みなおすこと(リリーディング)」をする読者のことだ、と……かならずしもそれは、もう一度読む、ということではない。そうではなくて、本の持つ構造のパースペクティヴのなかで読むこと。それが言葉の迷路をさまよっているような読み方を、方向性のある探求(クエスト)に変える……」

ここでの「バルト」は、彼の主著の『S/Z』(一九七〇年)のつぎのようなくだりによると思われる。

「再読は、物語が一度消費(むさぼり読み)されたら、他の物語に移り、他の本を買うことができるよう、その物語を《投げ捨てる》ことを勧める現代社会の商業的イデオロギー的な慣習に反した操作である。……ここでは、再読はただちに提起されている。なぜなら、それだけがテキストを繰り返しから救うからであり(再読を軽んずる人は、いたるところで同じ物語を読むはめになる)、テキストをその多様性と複数性の中で増殖させるからである」

バルトが提唱した「多様性と複数性のなかでのテキストの増殖」を、大江は採用したが、その最たる例が「戦前昭和の超国家主義の分析」のための書き直しだった。

人物としては、主人公である作家の古義人の父親が想定された。四国の山村で製紙材料のミツマタの精製業を営み、一家の家父長としてだけではなく、従業員や村民を指導し、住民を天皇制支持の体制に組み込んでいく。

なぜ書き直されるか。父は終戦直後に亡くなるが、死因が、当時まだ幼かった古義人には謎だったからだ。少し謎がとけたかと思うと、つぎなる謎が浮かぶ、というようにして、書き直しが必要になる。

第一段階は、早くも昭和三五(一九六〇)年の『遅れてきた青年』から始まっていた。それから同四六(一九七一)年の『みずから我が涙をぬぐいたまう日』までの計六作品を通じて、天皇のための死という少年にとっての恐怖と、国体のため決起して銃撃されたと伝えられる父のむごたらしい最後とが結びつけられる。父と天皇と死が神秘のヴェールに包まれ、一体として意識される。

第二段階は、昭和五七(一九八二)年の『さかさまに立つ「雨の木」』から、同五九年の『「罪のゆるし」のあお草』までで、父親にひそんでいた暴力、それが古義人自身にも同じようにひそんでいるのか、という怖れに駆られる。

第三段階は、昭和五九(一九八四)年の『いかに木を殺すか』から、同六〇年の『四万年前のタチアオイ』を経て、同年の『M／Tと森のフシギの物語』までで、五〇歳を過ぎた古義人が死後の虚無を想い、死を怖れる。少年時代からの、天皇のため死を強制される恐怖が持続していることが描かれる。

第四段階は、しばらく間をおいて、平成三(一九九一)年の『火をめぐらす鳥』と、同年の『「涙を流す人」の楡』によって、山野の地形が浮かぶたびに、父の犯した罪を思い出すことが語られる。

第五段階は、平成一二(二〇〇〇)年の『取り替え子(チェンジリング)』、同一四年の『憂い顔の童子』、同一七年の『さようなら、私の本よ!』、そして同二一年の『水死』によって、国体護持のため決起した将校たちに指導者として担がれた父が、洪水の川に舟で乗り出し、水死という異常な死をとげたらしいことが示唆される。

この五段階にわたる書き直しでは、父のイメージにおいて、大きく言ってつぎのような三つの変化が描かれる。

第一に、地域の伝統を代表する母親から、断片的だったが、父の行動にたいする批判を聞かされるにしたがって、父の権威が弱まっていく。

第二に、老いてゆくにしたがって、父は肥満し、立て籠もった蔵のなかで癌のため血を流すなど、醜態をさらす。

第三に、父は次第に正気ではなくなってゆく。この点は明らかに三島由紀夫の切腹事件にたいする批評、それに続く復古の風潮にたいする警戒を意味していた。

これらの三点によって、父によって代表される戦前の昭和の超国家主義の忌まわしさが強調され、戯画化される。

書き直しを読者は読み直すことによって、明治の二面性の明の側面(身分制度からの解放による活力)が、暗の側面(権力の壟断と思想の弾圧)によってねじ伏せられ、それに際し「則天去私」に関する誤った解釈などが触媒として働いたことも手伝って、ついには昭和戦前の超国家主義の跋扈をもたらした、という歴史的展望を初めて獲得できるのだ。

こうして、刊行から百年後の読み直しを通じて、『こころ』は読者によって、やっと読み終えられる。

漱石は自作が理解されるには百年を要すると述懐したが、その通りになった。突拍子もない表現かもしれないが、『こころ』は百年にわたる気宇壮大な悲劇、日本近代史を撃つ悲愴な証言なのだ。これからも戒めの書として、読み継がれていかねばならない。

おわりに

日本近代史の浮沈をひとつのグラフで表すことができるか。

日本現代史は第二次世界大戦が終わった一九四五年以降の歴史、日本近代史は明治維新が起こった一八六八年以降の歴史と定義される。

明治の半ばまでは後代の推計だが、GDPに相当する数値が得られる。それを以後のGDPに強引につなげ、それにたいし政府の財政赤字の累積が何%に膨張していったかを、グラフとして描くことができる。データは財務省から発表されている。

縦軸に累積財政赤字対GDP%(ただし概数)、横軸に年をとる。そうすると恐るべき曲線が浮かびあがる。

日英同盟が結ばれる一九〇二(明治三五)年までは二五%程度で推移していたが、日露戦争で一九〇四(明治三七)年には七〇%にふくれ、第一次世界大戦以後は三〇%を保っていたが、満州事変のため一九三一(昭和六)年には五〇%、太平洋戦争によって一九四一(昭和一六)年には一〇〇%、三年後の一九四四(昭和一九)年には二〇〇%にはねあがった。

敗戦の疲弊で政府にGDP二〇〇%の借金を返す余力がないから、信用不安による激しいインフレに見舞われ、政府は財産税をとり、さらに国民に買わせた国債を紙切れにすることで、どうにか切り抜けた。多くの国民が命を失い、完全にだまされた。

これが無謀きわまりない日本近代史の縮図だ。そうした経過のなかで、無謀を顧みなくなる変曲点、歴史の曲がり角は、一九〇四〜〇五年の日露戦争と、それに続く軍備拡張だった。満州事変以降は、その繰り返しだった。

この禍根となった曲がり角において、『坊っちゃん』と『こころ』は書かれたのだ。この背景を度外視して、漱石の作品を評価することはできない。常にそのことを念頭に置かねばならない。漱石の作家としての偉大さは、ずばり文明開化の失敗点を衝いたところに求められる。

ひとつの目安は一般向けの日本近代史の概説書だが、満州事変以降の国際協調の無視、しばしば見舞われた恐慌のあとの経済政策の誤りの積み重なり、この近代日本の二大破綻要因は、今では(反省されていないが)かなり広く認められるようになった。

だが、この二つの要因のさらに基になった根本的な誤り(体制の欠陥)は、必ずしも注目されてはいない。いまだに指摘がいわば抑えられているのが、『坊っちゃん』で諷刺された寡頭政治とそれにともなう頽廃、そして『こころ』で問われた思想弾圧、そして明治の時代精神の暗い側面だ。ひとくちで言えば、法の支配に反する穴だらけの明治憲法だ。

『三四郎』では「のっぺらぼうに講義を聴いてのっぺらぼうに卒業し去る」、そして講演「現代日本の開化」では「ただ上皮を滑って行き」などと、漱石は文明開化を批判した。

何にたいするのっぺらぼうなのか、何の上を滑って行くのか。その「何」は、日本近代史の最大の禍根、『坊っちゃん』と『こころ』の主題を指すとしか考えられない。

なぜ今もってこれらの根本的過ちが問い糺されずに抑えられているか、その政治的理由も考えてみるべきだろう。

だから、私たちが過ちを繰り返さないためには、漱石の小説はこれからも読み直され続けなければならない。

「亡びるね」と予言されたが、それでも上京する三四郎には、車窓から陽光に輝く富士山が見えるはずだった。

明治の終わりを告げる『こころ』では、先生の死を確かめるため私が飛び乗った夜行列車の窓外は暗く、何も見えなかった。

明るいかのように思われた時代だったが、気づいたときには暗黒のなかに沈んでいた。

赤木昭夫

1932年生まれ．東京大学文学部卒．コロンビア大学ジャーナリズム大学院フェロー．NHK解説委員，慶應義塾大学環境情報学部教授，放送大学教授などを歴任．

専門は英文学と学説史．

著書に『自壊するアメリカ』『ハリウッドはなぜ強いか』(以上，ちくま新書)『蘭学の時代』(中公新書)などがある．

漱石のこころ
—その哲学と文学　　岩波新書(新赤版)1633

2016年12月20日　第1刷発行

著　者　赤木昭夫《あかぎあきお》

発行者　岡本　厚

発行所　株式会社　岩波書店
〒101-8002　東京都千代田区一ツ橋2-5-5
案内　03-5210-4000　営業部　03-5210-4111
http://www.iwanami.co.jp/

新書編集部　03-5210-4054
http://www.iwanamishinsho.com/

印刷製本・法令印刷　カバー・半七印刷

ISBN 978-4-00-431633-6　　Printed in Japan

岩波新書新赤版一〇〇〇点に際して

ひとつの時代が終わったと言われて久しい。だが、その先にいかなる時代を展望するのか、私たちはその輪郭すら描きえていない。二〇世紀から持ち越した課題の多くは、未だ解決の緒を見つけることのできないままであり、二一世紀が新たに招きよせた問題も少なくない。グローバル資本主義の浸透、憎悪の連鎖、暴力の応酬――世界は混沌として深い不安の只中にある。

現代社会においては変化が常態となり、速さと新しさに絶対的な価値が与えられた。消費社会の深化と情報技術の革命は、種々の境界を無くし、人々の生活やコミュニケーションの様式を根底から変容させてきた。ライフスタイルは多様化し、一面では個人の生き方をそれぞれが選びとる時代が始まっている。同時に、新たな格差が生まれ、様々な次元での亀裂や分断が深まっている。社会や歴史に対する意識が揺らぎ、普遍的な理念に対する根本的な懐疑や、現実を変えることへの無力感がひそかに根を張りつつある。そして生きることに誰もが困難を覚える時代が到来している。

しかし、日常生活のそれぞれの場で、自由と民主主義を獲得し実践することを通じて、私たち自身がそうした閉塞を乗り超え、希望の時代の幕開けを告げてゆくことは不可能ではあるまい。そのために、いま求められていること――それは、個と個の間で開かれた対話を積み重ねながら、人間らしく生きることの条件について一人ひとりが粘り強く思考することではないか。その営みの糧となるものが、教養に外ならないと私たちは考える。歴史とは何か、よく生きるとはいかなることか、世界そして人間はどこへ向かうべきなのか――こうした根源的な問いとの格闘が、文化と知の厚みを作り出し、個人と社会を支える基盤としての教養となった。まさにそのような教養への道案内こそ、岩波新書が創刊以来、追求してきたことである。

岩波新書は、日中戦争下の一九三八年一一月に赤版として創刊された。創刊の辞は、道義の精神に則らない日本の行動を憂慮し、批判的精神と良心的行動の欠如を戒めつつ、現代人の現代的教養を刊行の目的とする、と謳っている。以後、青版、黄版、新赤版と装いを改めながら、合計二五〇〇点余りを世に問うてきた。そして、いままた新赤版が一〇〇〇点を迎えたのを機に、人間の理性と良心への信頼を再確認し、それに裏打ちされた文化を培っていく決意を込めて、新しい装丁のもとに再出発したいと思う。一冊一冊から吹き出す新風が一人でも多くの読者の許に届くこと、そして希望ある時代への想像力を豊かにかき立てることを切に願う。

（二〇〇六年四月）